How to pronounce knife

我不知道这该怎么念

〔加〕苏万康·塔玛冯萨 —— 著

杨扬 —— 译

南海出版公司

新经典文化股份有限公司
www.readinglife.com
出 品

献给妈妈、爸爸和约翰

感谢有你们在

目　录
Contents

我不知道这该怎么念 /1

巴黎 /11

弹弓 /25

兰迪·特拉维斯 /43

美甲美足 /59

不赶趟就捣蛋！/77

老天无情 /89

世界之涯 /99

校车司机 /113

你真给人丢脸 /123

吱嘎—— /133

加油站 /139

一件遥不可及的事 /153

捉虫 /167

我不知道
这该怎么念

字条被打印出来,对折两次,别在孩子胸前。这样就不会被漏掉。她母亲摘掉别针,像对待孩子带回家的其他所有字条一样,把它扔掉。如果留言重要,一通电话会打到家里。还没有来过这样的电话。

这家人住的小公寓有两间房。大一点的墙上有一幅小小的画,画中心有一道棕色的弯。那道棕色的弯代表一座桥,刷在它周围的点点红和橙代表树。这是她父亲画的,但他早已不再画画。他下班回到家,第一件事总是踢掉鞋子。然后他会递给孩子一份报纸,孩子把纸页摊开在地上,铺成一个正方形,他们围坐在正方形四周吃晚饭。

晚饭,就是卷心菜和猪小肠。肉贩既不把这玩意儿扔掉,也不摆出来贱卖,于是孩子的母亲从他那儿成袋成袋地买来冻进冰箱。它们有那么多的做法:跟姜和面条一起做成汤,在炭火上炙烤,和鲜莳萝一起慢炖,还有孩子最喜欢的——加柠檬草和盐进烤箱烤。她把这些食物带去学校的时候,其他孩子会因为那股味嘲笑她。她还口说:"就算往你们脸上招呼五百磅好东西,你们也不识货。"

他们坐下来吃晚餐的时候,孩子想到她母亲扔掉的那些字条,想到拿给她父亲一张。上周有好多,也许有重要的事。她听着父亲担忧他的薪水、他的朋友们,担忧他们如何在这个新国家谋生。他说他的朋友们,在老挝受过教育又有优越工作,如今却做着捉虫的活计,或者受满脸雀斑的小年轻支使。他们不得不从头来过,仿佛以前过的日子不算数。

孩子站起来,从垃圾桶里找到那张字条,拿给她父亲。

他摆手拒绝。"晚点儿。"这话是用老挝语说的。接着,仿佛想起了什么重要的事,他又加上一句:"别说老挝语,别告诉任何人你是老挝人。告诉别人你是从哪儿来的没好处。"孩子看了看她父亲前胸正中央，T恤衫上，四个字母并排而立：LAOS[①]。

几天后，教室里有些骚动。女孩们来的时候全都是浓淡各异的一身粉，男孩们身穿深色西装还扎着小领结。蔡小姐，一年级老师，则穿了印着点点小白花的紫色连衣裙和小跟鞋。孩子低头看看自己的绿色运动服。那绿是深绿，像西蓝花，膝盖处的布料要浅几个色度，就连她站直的时候也保持着原来的形状。在这满眼亮闪闪的粉色、搭配的手包、黑领结、笔挺的衣领中，她看出自己和别人不一样。

蔡小姐一如既往地扫视教室，检查是否有什么格格不入的，她注意到孩子的那一身绿，瞪大了眼睛。她跑过来，说："乔伊，我们让你带回家的字条，你给你父母看过了吗？"

"没。"她撒谎道，眼睛盯着地面，她的蓝色鞋子刚好嵌在一块小地砖的方形空间里。她不想撒谎，

---

① 意为老挝。——译者注（本书注释如无特殊说明，均为译者注）

但没必要让她的父母难堪。这一天按计划进行。在班级合照中,孩子坐得略微靠边,写有年级和年份的牌子摆在她前面。虽然牌子总是位于这些照片的正中央,但摄影师不得不做点什么挡住孩子鞋上的泥。牌子上方,她露出了微笑。

放学后母亲来接她,问她为什么别的孩子全都是这副盛装打扮,孩子没有告诉她。她撒了个谎,是用老挝语说的:"我不知道。瞧瞧他们,一个个花里胡哨的。只不过是寻常的一天。"

孩子带回家一本书,是专门给她自己练习阅读的。这本书里有一些图片和几个单词,图片用来解释单词是怎么一回事,但有这么一个单词没配图片,这一页上只有它自己。当她一一发出每个字母的读音,这单词听起来什么也不像。她不知道该怎么念。

晚饭后,他们三个一起挨坐在光秃秃的地面上看电视。孩子知道,从后面看的话,她就像她父亲。头发短短的理成碗形,双肩耷拉着,脊梁弯得好像扛着什么重负,好像她明白什么叫出了一天苦力。

不一会儿，电视图像变成了彩虹色的竖条，她父母很快就要上床睡觉了。大多数晚上，孩子都会跟去，但今晚那个不认识的词让她心烦意乱，她想认识它。她翻开书，开始寻找那个词，那个不像她听过的任何发音的词。

那个词。

这是她父亲睡觉之前最后的机会。他是他们家唯一会认字的。她把书拿给他，指指那个词，问他是什么。他俯身凑近那个词，念道："卡——耐——夫（Kah-nnn-eye-ffff）。是'卡耐夫'（Kahneyff）。"对他来说就是这样，应该是这个音。

第二天，蔡小姐让全班集合，围坐在教室前部的绿地毯上。她想找人大声朗读的时候就会这么做。有时会有学生自告奋勇，有时她会点一个人，不过这一天，蔡小姐环视四周，发现了孩子。

"乔伊，你还没读过。不如拿出你的书来给我们读读。"

孩子开始朗读，一切进展得还算顺利，直到读到那个词。它只有五个字母，但就算二十个也没什么两样。她照她父亲告诉她的读了出来，但她知道读错了，因为蔡小姐不肯翻页。她指指那个词，敲敲书页，仿佛这样就能让正确的读音溅出。但孩子不知道该怎么发音。敲。敲。敲。终于，班上一个黄发女孩喊道："是 knife! k 不发音。"① 然后她翻了个白眼，仿佛世上再没有比这更容易知道的事了。

这个女孩有一双蓝眼睛，鼻子周围长着点点雀斑。放学后总能在停车场里看见女孩的母亲坐在一部黑亮的大轿车里按喇叭，车身上一个 V 和一个 W 套在圆圈里，彼此相连。她母亲有一件黑色毛皮大衣，踩着高跟鞋的模样仿佛每天都是合影的日子。女孩像班上其他所有人一样，读得洪亮、清晰，拿得到奖。孩子是唯一还没拿过奖的。就在这一天，蔡小姐往口袋里掖了一只红色悠悠球。要是孩子知道那个词是什么，那只红色悠悠球本该是她的，而现在，它要被继续锁在蔡小姐办公桌的顶层抽屉里。

---

① 根据英语发音规则，以字母组合 kn 开头的单词词首的 k 不发音。

那天晚上，孩子晚饭时一直望着她父亲。望着他是怎样用筷子一粒不掉地夹起每个米粒。他是怎样把碗里的东西吃得一干二净。他看起来是怎样瘦小而干瘪。

孩子没有告诉他 knife 中的 k 不发音。没有告诉他自己去过校长办公室，去听人讲规则，讲事情如何本就如此。只是个字母而已，他们告诉她。但要不是那个单独的字母孤零零地立在前面，她也不会来到这间办公室。她没有说自己是怎样咬定字母 k 发音的，它不可能不发音。她一次次地争辩："它在前面！第一个！它应该有声音！"然后她尖叫起来，好像他们夺走了什么重要的东西。她始终没有放弃她父亲念的，那其中的第一个音。而他们读了一辈子书，受了一辈子良好教育，却没有一个能解释这件事。

她一面看她父亲吃晚饭，一面想着其他他不知道的事。她只能靠自己去发现的事。她想告诉她父亲，有些字母虽然在那儿，但我们不读，不过她断定现在不是说这种事的时候。所以，她只告诉她父亲自己赢了件东西。

有天快放学的时候，蔡小姐在门口等她。她让孩子跟她到办公桌前，打开顶层抽屉的锁，拉出那只红色天鹅绒口袋。"挑一个。"她说。孩子伸进手去，抓住她的手指碰到的第一样东西。那是一副拼图，拼图上是一架天空中的飞机。

她给她父亲看奖品的时候，他很高兴，因为某种程度上，那也是他赢得的。他们拿起奖品，它所有小小的碎块，开始拼成四边，蓝天，其他碎块，中央。后来，他们填充出完整的画面。

巴黎

天空黑得像一颗瞳仁。红发动引擎,不耐烦地等待着卡车热起来。她早班从没误过点。这部卡车是个老古董了,是她在别人房前的草坪上看见的,它的挡风玻璃上贴着一张牌子,上面用黑色马克笔写着"出售"。它的样式毫无特别之处。人们叫它皮卡①,但她从没用它载过任何东西,除了她自己。也许是卡车的颜色,还有对这部红色大皮卡停在厂里的停车场上的想象吸引了红。它会是那里最好看的东西,而它会属于她。她要这一切成真。

红像镇上的大多数人一样在工厂工作。她的工作是给鸡拔毛,确保从她手里出去的鸡是光溜溜的。

---

① pickup truck,敞篷小型载货卡车,也称皮卡,同时"pick up"又有用车搭载的含义。

到她手里的时候，鸡已经死了，它们双眼紧闭，仿佛在睡觉。就像隔壁车间的事根本不曾发生过。她可以发誓她曾偶尔听到过它们的声音——翅膀发出一阵突然而绝望的扑腾，好像真能从那儿逃走似的。

把车倒上马路之前，红看了眼后视镜里的自己。镜中照不出她的整张脸，只有她的眼睛。她从驾驶座上挺起身子，把头向右转，审视着自己侧脸的轮廓，试图想象脸上长着一只不同的鼻子。如果鼻子不同，她在工厂的境遇或许也会有所不同。尤其是和汤米有关的。汤米是她的老板、她的主管，已婚，有两个年幼的儿子。他待她很好，给她比任何人都多的轮班机会，还表扬她的工作。

"你干得不错，红。保持下去。我们对你有安排。"

那些安排是什么，她从来不知道。只知道他们替她安排好了。有时汤米会从自动售货机给她买罐可乐，或者在午餐时间和她坐一张桌子。他对待她和对待其他为他工作的女孩都不一样，丝毫没有对她身体的兴趣。他不会留意那儿有什么，也不会俯身凑近说悄悄话。他们聊天，主要关于他的儿子们，以及他怎样计划情人节带他太太去巴黎旅行。

汤米的太太妮可,长着一只红希望拥有的鼻子。那只纤细的鼻子高耸在她脸上,指向天空。在管理部门工作的人个个都有一只这样的鼻子。

工厂每年的圣诞派对妮可总会参加,她穿着入时,衣服的料子不和任何人的重样。那布料紧紧贴合她的曲线,熨展抚平,不见一丝褶皱。晚会上,妮可自始至终和其他太太站在一起,她们的丈夫不是公司的管理层就是股东。这是太太们一年一度的被带出来见人、展示自己的机会。有时她们之中会有一个走过来,和几个在流水线上工作的人打招呼。她们会自我介绍,握几只手,然后回去和太太们一起站在角落里,好像短暂脱离她们的小群体就是做了莫大的慈善。妮可从没这么做过。

每年派对都供应炸鸡。红吃的那些鸡块也许就来自某一只她经手拔毛的死鸡,但这对她来说从来不成问题。被剁成那样的碎块以后,就不再有一张可联想的脸了。每一年,她都期待着这场派对,她会穿上她最好的衣服:牛仔裤,蓝白格子衬衫,还有加拿大轮胎①的厚实黑靴子。她的衣着不像其他女孩的那样花哨,露的也不多,但红原本也没有多少想露的。

几年前,流水线上的一个女孩做了鼻子。她的眼镜再不用拿橡皮筋系在脑后固定了。从那以后,女孩开始做发型,每周都做。她本来就有一副娇小、纤细的身材,汤米管那叫"可爱"。很快,她开始得到更多的轮班机会,最后,是一个管理部门的岗位。管理部门!在这个镇上,女孩要么在鸡肉加工厂上班,要么在波比俱乐部②打工。在波比俱乐部,你至少能挣些快钱,然后头也不回地离开这鬼地方,或者结识一个爱你足够久的人,久到刚好可以带你离开。你在那儿遇到的男人不是单身,就是在去往单身的路上。而在工厂,多数男人都结了婚,如果还没有,也迟早会结,而且对方不会是在工厂上班的女孩。

---

① Canadian Tire,集汽车配件、五金器具、户外休闲和家居用品于一身的加拿大零售品牌。
② Boobie Bungalow,成人娱乐俱乐部,主要为男性提供歌舞、酒水等服务。其中"boobie"为女性胸部的俚语表达。

红知道对她来说，只能是鸡肉加工厂。她的胸部没有多少内容，她也不会和着曲子跳舞，哪怕是有节奏的曲子。男人们从来不会盯着她看，这让她感觉到波比俱乐部不是她的选项。在工厂，你挣的钱足够买你需要的东西。但生活中的大事，那些能让你幸福的东西，好吧，要得到它们你挣的钱永远都不够。

大约两年前，那个去了管理部门工作的女孩还会在圣诞派对上跟汤米的太太还有其他太太站在一起，仿佛成了她们中的一员。她们的鼻子看起来全都一样，朝天空高耸着。太太们不和那女孩攀谈，也不让她加入对话。一群人齐声大笑的时候，她的笑声总是迟那么几秒。

但那女孩已经不在管理部门干了。好像是妮可和其他太太们不喜欢她跟她们丈夫一起在那儿工作。她被要求回到流水线上，重操旧业。之后她就辞职了，因为她已经在更好的地方待过。

管理岗位空出来之后，流水线上的女人们全都为了得到它而竭尽所能。有人从做鼻子开始。她们从哪儿找的医生，红无从得知。附近没有能支持那种业务的机构。也许这就是为什么每个人的鼻子看起来都不一样：有的略微弯曲，有的没愈合好，还有的留下了严重的疤。有个女孩说话的时候，鼻子会跟着上嘴唇到处乱动，好像她的鼻子就连在那片嘴唇上。工厂里的大多数女孩开始顶着烫卷或者拉直的头发、穿着高跟鞋和商务装来上班，然后换上工作服，那个塑料浴帽和配套的白色塑料罩衣，轮班一结束再马上换回去。她们看上去如此光彩照人。但一切都是徒劳，她们谁也没有得到那份工作。它被交给了一个高中刚毕业的女孩，她父亲在管理部门工作。

红开着她的皮卡进了工厂停车场，把它停在入口附近的车位。有一个更近的车位，是留给管理部门的。她不想停在现在的位置，想象着有一天，她看到红色大皮卡停上那个车位。她熄了火，下车走向大门。

颂本一个人站在门外抽烟。看见她走来，他丢掉烟把它踩灭，对着手掌呼口气，检查了一下自己的气息，然后大声喊道："嗨，丹！"和红相熟的人都叫她"丹"，它在老挝语里是红①的意思。这不是她的真名，只是昵称，因为她的鼻子总是冻得通红。她讨厌他叫她的昵称，这让她感觉他们之间有一种她并不想要的亲密。他说出"丹"的样子，就仿佛他内心的一盏灯被打开了，而她现在不得不为他能看到的那个自我负责。

无论她在工厂什么地方，他只要在附近，就会径直朝她走来，满怀兴奋和希望，指望他们之间能发生点什么。出勤打卡的时候他在，一天结束、下班打卡的时候他也在。她去哪儿他都跟着，好像她随身带着饲料似的。她感到奇怪，一天到晚脸上挂着笑，他怎么也不累。她会把目光从他身上移开，无动于衷，但他会追随她的视线。他看出她对那些做了鼻子的女孩感兴趣，也知道她很在意她们是怎样吸引了其他所有人的注意。

---

① 本书正文中的仿宋字体对应原文中的斜体。——编者注

"我就是不明白这有什么大不了的。"他曾经说,"干吗要那么折腾你的脸?"

"她很美。"

"但那不是真的。"

"对她来说是真的。"

"我不明白,我就是不明白。"

"我也想做一个,你知道吗?"红坦陈道,说完才意识到她不该对颂本说这个。现在他知道了她有自己想要的东西,说不定会以为自己成了她某种意义上的朋友。

"不,你不行,你不行,绝对不行。"

"为什么我不行?你觉得我就不想变美吗?"

"你到底干吗要那么折腾自己!你已经很美了。"颂本说得那样真诚而深信不疑,她都替他感到难堪。多么赤裸而露骨,他的渴望。

"你明白什么。你又不懂女孩。"

颂本低下头,轻声说:"就算我对女孩一无所知,我也明白什么是美的。"他那么骄傲,毫无来由地骄傲。他在工厂干的年头最长,上高中的时候就开始了,以为这份工作能把他送进大学。十年过去了,他还在工厂,干着同样的活儿。鸡到红手上之前,在另一个车间里割断它们脖子的人就是他。他见过的鸡还是活着的。一想到和颂本做任何事,她就不禁战栗。一个以此为生的男人,能拿得出哪门子温柔?

不过,在那之后,做鼻子成了唯一能让红和颂本聊下去的话题。谁做了鼻子,什么时候,好不好看。红告诉他只要攒够钱,她也去做鼻子。她总是说:"明年,明年一定,一定。"

那个早上,当红看见颂本站在停车场入口,照旧抽着他常说要戒的烟,穿着这些年来一成不变的浅褐色制服,留着一成不变的发型,她想到了她想为自己争取却始终无法得到的一切。日复一日,他站在同一个地方,穿着同一身衣服,给她一句问候,这幅画面让她明白,对他们来说,什么都没有变过。什么都不曾发生。

"我没做!"她冲他喊道。

"你这样就挺好看。"他说,好像他们只是把上次中断的对话给捡起来。好像对他来说唯一有意义的时间就是他们共度的，聊天的时间。

红飞快地从他身边走过，说了声："谢谢，山姆。"她知道他讨厌别人叫他的英文名字。"不是山姆，"他会坚持说，"是颂本。"他会像老挝人那样念出元音的音调，不肯简化发音。但他把她的话当成了挑逗，露出一个大大的微笑。知道一个人不喜欢什么，无异于同他变得亲近。

"嘿，丹？"颂本在她身后喊道，试图维持她的关注，在她走进工厂的时候跟上她的脚步。

"什么事？"红没好气地说，不想再给他更多的鼓励。

"你听说吉的事了吗？是癌症。她做完鼻子以后几个月开始的，可能跟他们放在里面的材料有关系。"颂本总能找出各种理由来证明做鼻子是个糟糕的主意。"只是让你想想。"他说，嘴咧得好像那癌症中暗藏着好运，为他开启了一个和红聊天的机会。

她加快脚步，他很快就落在了后面。

午餐时间到了。他们只有二十分钟。足够上趟厕所，吞下点食物。红常把这段时间用来独处。生鸡肉和松弛内脏的气味，还有那无尽的宰杀和打包，有时让她忘记了自己也活着，活在这个世上。正要离开生产线的时候，她看见汤米走过来，拍了拍为他工作的一个女孩的肩膀。这是他常做的事。那是他今天选中的女孩。红走了出去。不一会儿，汤米和那女孩也出来了，向他的车、向一切发生的地方走去。红好奇那是什么感觉：被人看到，感觉到想要你的人的嘴唇。汤米所做的并不会恒久，这不要紧。他做了，于是有那么一小会儿，你对他有了意义。

就在他们准备进到车里的时候，汤米的太太开车驶进了停车场。

她甚至顾不上把车停稳。

妮可身穿白色毛皮大衣，发廊里新烫的金色鬈发来回弹动。她涂着艳红的口红，两颊搽了胭脂，看上去如此美艳动人。

她对他吼叫着什么。怒不可遏。

然后她抓住汤米的胳膊。他扯回胳膊，把她推开。她没有摔倒。她抓紧一只袖子，白色高跟鞋深陷雪里。她想要的对汤米来说无关紧要，他摔上车门，载着那女孩扬长而去。妮可白色毛皮大衣的下摆沾上了泥巴。要不是红看到了整件事的经过，说不定会以为那泥巴是屎，会问她怎么把自己搞成了这副浑身是屎的模样。

从红站的地方，她能看到妮可眼睛上花了的睫毛膏，因激动而颤抖的嘴唇像小丑的那样红。浪漫电影是为妮可这样的女人打造的。她们永远是自己生活的主角，她们最终总能得到她们想要的男人。可是美貌，任凭它能为你赢得多少，任凭得到它要花费怎样一番周章，似乎都是一副可怕的重担，令人难以负担和维系。有太多东西可以失去。在那一刻，红为自己在别人眼里的样子——丑陋——感到庆幸。丑而不自知是一回事，知道则是另一回事。

像妮可和汤米那样在家人朋友面前公开示爱——红知道那是永远不会发生在自己身上的事。汤米在那诺言之外做了什么无关紧要。诺言已经许下，或早或晚，他总归会回来的。

红唯一知道的爱，是一个人在一天中安静的时刻所感受到的那种，对自己朴素、单纯、寂寞的爱。它在那儿，在电视的欢声笑语中，持久而坚固，在周末杂货店的货架间，与她同在。它存在于每一个夜晚，存在于黑暗中，在寂静中浩浩荡荡弥漫。而这一切都属于她。

妮可注意到红，朝她奔来。她抓住红，好像她们是最亲近的朋友一样抱住她，把她的尖鼻头埋进红的颈窝，红能感觉到它的戳刺。也许妮可会抓住任何一个站在那儿的人。也许吧。她们站在那儿，彼此相拥。这是第一次，有人如此靠近红、触碰她。两个女人都哭了，为了不同的原因。

弹弓

我遇到理查德的时候七十岁。他三十二岁。他告诉我他是个年轻的男人,对此我未置一词,因为我真的不知道一个年轻的男人意味着什么,是好还是坏。他一月份搬来我们隔壁,"我们"指我和萝斯,萝斯是我外孙女。那年夏天她不怎么着家。她找了个新伙计,多数时候都住在城镇另一头的他家。

理查德每个周六都开派对。一开始只是暖房,后来是其他活动。他的房门总是大敞着,一天到晚有人来来往往。有时候来的只有小孩,小不点儿们把圣诞彩灯弯成小雕塑玩,在地板上留下一堆乱糟糟的铁丝和灯泡。有时候来的是中年人,他们在纸板箱做成的帐篷迷宫里爬进爬出。他甚至开过一次让人带自行车参加的派对,我们和他一起环游了这座城。我没有自行车，于是他让我和他同行。我坐在车座前的横梁上，他蹬车。他给我们讲故事，私人的故事，讲他在这儿度过的时光。他在这座城里已经住了好几年。那次骑行中，他给我们讲起他曾经爱过的一个女人，指给我们看他们吃饭逃单的地方、接吻的地方。他讲这个故事的样子耐人寻味。这座城市成了他的。后来，当我路过那座楼，那个街角，他的故事就在那儿。他忧郁的嗓音像一张老唱片在我头脑里回响。

"没有爱情这回事，它只是个概念。"有一天理查德对我说。那天我去了他的公寓，我的邮箱里收到了一个给他的包裹。"你认识的人里有谁恋爱吗？"

我想到了萝斯。每次遇到一个新伙计，她都说自己坠入了爱河，会成天守着电话，一边哭一边等。我还想到了我朋友和我自己的经历。我们都体验过爱情，但那发生在很久之前了，不是我们会在闲坐间感叹的话题。它发生了，当它业已发生，就无须再去深究。

"也许，"我说，"你还没有足够的时间去认识各色各样的人。"

他告诉我他认识很多人，给出的数字是几千。我本想告诉他，我们谈论的不是同一件事情，但我不确定他会懂。几分钟的时间在我们之间流过，然后他说："人们总说他们在恋爱，但没有，我不相信他们。他们觉得自己应该这么说，因为大家都这么说。这不能说明他们真的明白那是什么。"

我环视他的公寓，里面没有多少东西。几把塑料椅子，一张他从别人房前草坪拖回来的沙发，一张桌子，还有一个小解剖人模型，里面有塑料的小零件。我把手伸进它的身体，拿出一个棕色小东西，像铅笔上的橡皮那么大。我不知道这是什么，又把它放了回去。

理查德喜欢聊和他睡过的那些女人，有两个他提起过许多次。一个是他的前室友，他在骑行中给我们讲的那个。另一个是名叫伊芙的女人，现在住纽约，但偶尔会回来探望。他说他并没有和她恋爱，他们只是最好的朋友。他们曾经做过七年的情侣，但现在已经不是了。化学反应不复存在。当她既不回邮件，也不接电话的时候，他就上谷歌搜索她。

我问他："你觉得你有可能还爱着她吗？"他说不——爱一个人，你应该想和那个人做爱，而他并不想。他问我最近有没有和人做爱。我没有马上回答。我看得出一个不做爱的人对他派不上用场。我试图回想最近的一次。除了我丈夫，我从没和任何人在一起过。他三十年前就死了。心脏病，去得突然。三十年对有些人来说是一生的时间。对我而言，我已经太久没做过爱，又可以把自己当处女看了。我都想不起做爱是怎么一回事了。

理查德知道是怎么一回事。他总把做爱的经历挂在嘴边——和几百个女人做过，他告诉我。

"很简单。你问就是了，世事难料嘛。如果有人说不，我也不会动气。我是说，她们都说不了，还能说得比这更清楚吗？总会有其他人愿意。这档子事有时候只不过是好玩而已，未必能说明什么。"理查德不是个美男子，但他表现得像是。他说："我又不难看。再说，长相跟这档子事又没什么关系。有时候好看的人在床上什么也干不了，他们就会躺着。而你想要的是有想象力的人，兴致高涨的人。那感觉才是最棒的。"

理查德又开了一场派对。不同的是，这场派对上没有任何食物，入夜才开始。房间中央的地板上放着一只绿色玻璃瓶。所有家具都被挪开，堆在房间一侧。尽管他说了那么多，我以前从没见过他和哪个女人在一起。我知道那只瓶子是做什么用的。

我扫视了一圈，看看聚在房间里的约莫二十五个人里头，有没有谁是我希望选中的。没有，但我还是想玩。我转动瓶子，它指向了一位金发美女。她是位律师，身上还穿着西装，外面套件夹克。我吻了她的额头，就像她是个孩子似的，所有人都笑了。理查德说："她是不是很亲切？"我讨厌他那么说。我不想变得亲切。我老了，我知道，我被人叫过很多东西，但"亲切"当真让我恼火。我看着那些被瓶子选中的人彼此亲吻。过了一会儿，这变得无聊起来。参加派对的人也有同感，开始一个接一个地离开。我已经不记得当时还有谁在玩，他们又吻了谁，我只希望轮到理查德。每次他都和对方吻上好久。他吻了一个大腹便便的男人，一个舞蹈演员，还有其他几个人。吻的时候无不带着同样的温柔。

理查德对我说："你要是想回家，就回吧。我们只会一直玩这个游戏，也许会很无聊。"但我还不想回家。那是初夏，我希望能有什么事发生在我身上。

只剩下我们三个了。还有一个叫洛丽的女人，在画廊工作。洛丽表现得像个小女孩——傻笑，咬着她的几缕长发，红脸。理查德转动那只绿瓶子，这次它停在了我面前。他大笑着说："你不是非玩不可，你可以说不。"可我不想说不。他盘腿坐在地板上，我探身过去。他嚼过绿薄荷口香糖。我们结束的时候，她已经走了。

他说："凌晨三点了，你该回家了。"他说话的口气就像一个为我着想的好朋友。我还有一种感觉：

理查德不想让我那个点儿还待在那儿，和他共处一室。好像他惧怕一个老女人会渴望些什么。"我不想。"我说。我不知道我为什么那么说，也许只是想看看他会怎么做。他是个男人，而我百无聊赖。

他的卧室干净而且安静。我说："你能脱掉衣服吗？我想看。"让我吃惊的是，他就那样照做了。他没有说那是个糟糕的主意。他赤身裸体站在那儿，很美，女人的那种美。他有胸毛和腿毛，我已经很久没见过胸毛了，于是伸出手去摸了摸它。他闭上眼，深呼吸。就那么简单。他坐在床上，我坐在他身上。他没有往深处去，只是把我抱在那儿。我应该把身子沉下去，但我没有。我可以想到哪儿就到哪儿。晨光照了进来，他说："我们得停下了。"我可不想。我喜欢在理查德把我抱在身上的时候看着他的脸。他看起来吓坏了，或者说快哭了。他放开我，转过身去，不让我看见他的脸。他说："你得走了。我想操你。"这就是为什么我不愿走，因为他想要。

那夜之后，我有几个星期没见过理查德。他开着他的派对，客人来来去去。我隔着墙听见他们的对话，还有那些女人的声音。我想知道从我嘴里发出那样的声音会是怎样的感觉。但我听见的从来都是女人的声音。他一声不吭，也许在轻声喘息。

我问过他为什么从不出声，连哼都不哼。"我在集中精力。"他说。他总是那么说话，轻描淡写。他告诉我对他，对一个男人来说那是什么感觉，和女人做爱是什么感觉。我对此一无所知。他告诉我的事，多希望我母亲也告诉过我。我想知道他怎么跟女人聊天，怎么把她们带回公寓，怎么把她们衣服脱掉，怎么知道把身体放在哪儿，每次的方式是否一样。他总会问她们：我能这么做吗？这样可以吗？你介意这样吗？他向我描述那情形的样子，就好像我也经历了，我也进入过她们体内，像他一样，以男人的方式。没有隐喻，没有什么种子、土壤、绽放的花。只有事实。

萝斯出去过周末了。她走以后，我敲了理查德的门。我试着拧了拧门把手，就进去了。

我能听见淋浴的声音。他出来的时候问我："你饿了吗？"仅此而已，好像他早就料到我会来。他厨艺很好。我看着他端出盘子、平底锅，打开碗橱、冰箱。我欣慰他没有为上次发生的事生我的气，当时我们贴得那么近。"我干吗要生气？"他说，"别和为那种事发脾气的男人做爱。"他朝我微笑。"幸好没有真的发生什么。我们只是亲近。这是最棒的地方。那么近，却没有让任何事发生。"

很快，我们就坐在了床边。我坐在理查德上面，把他夹在我两腿之间。我吻了他。这一切开始得极其缓慢而轻柔。然后我吻得更加用力，接着，他把嘴从我的嘴上挣脱。他大张着嘴，呼吸沉重。他脑袋后仰，我俯身向前。我们是那么近，将气息呼入彼此的口中。然后我沉下身子压在他上面，在更进一步之前，我说："你想让我退出来吗？"我的意思是停下，但他知道我是什么意思，知道我为什么不那么说。他大笑着说："不，不，天啊，不。"他嘴唇鲜红，两颊泛粉。"告诉我你爱我。"我说，"哪怕不是真的。告诉我。"他照做了。我想重温有人进入我身体的感受，于是我把他推进了我体内。

八月将尽，理查德的派对开得不那么勤了。我们单独在一起的时间越来越多。他会给我打电话，问我想不想过来。我知道他让我过去是想要什么，我也想要。不管什么时候他打给我，我都会去。有时候我们一待就是一整天，一言不发。我们没有多少可说的，只管做我们所做的。它是那样缓慢，我们可以进行那么久，他会像那样等待我的身体做出反应——在我们的性爱中，这些是我最爱的地方。我们通常在天黑的时候开始，等到结束的时候，外面已经有了亮光。他对我说："你该找个男朋友。我做不了你男朋友。"但我不想要男朋友，管它在这年头代表什么。我想要我已经有了的。我什么都没说。我只是看着他穿上衣服然后转向我，问我想不想第二天跟他去见他的朋友伊芙。她来城里了，想让他见见她的新男友。他说他不想一个人去。

第二天上午，一条小巷里，我站在房前的门廊上，理查德进屋去找伊芙，她在房子最里面的厨房。她喊我进屋，挥挥手让我到里面来。她有一头光亮的黑色长发和一双棕色的眼睛，说她男朋友正在楼上冲澡，过几分钟就下来找我们。理查德和伊芙聊起来，问她这位新伙计的情况，开他玩笑，拿她谈恋爱这事打趣她。

接着理查德说："对了，我恋爱了，"并且指了指我，"和她。"我们——理查德和我——哈哈大笑，好像那是我们俩的笑话，而伊芙置身事外。笑话可以让你做到这一点——一边藏起你的感受，一边吐露你的真心，没人会问是哪个。

伊芙的男朋友丹尼尔走下楼梯，穿着纯色的卡其短裤和贴在他胸膛上的白衬衫。"嘿，伙计们，大家好吗？"理查德替他自己回答了。我没答话，不过这似乎没关系。他们继续下去了。

那天上午剩下的时间里，我们一直在玩桌游、猜字谜。伊芙和理查德聊天的方式让人很难加入。他们的那些暗示、笑话和关于对方的故事全是些只言片语，从来没有拼凑完整过，因为他们会突然爆出一阵大笑。他们从来懒得解释哪部分是怎么回事，总是说你得当时在场才能领会。我见识过，我知道在发生什么。理查德浑然不知伊芙在利用他做什么——挑动两个男人争斗。

我起身走到屋外的门廊上。那时才下午三点，我想回家了，这时丹尼尔出来抽烟。他点上他的烟，我们望着四周的树。树叶之间相距很远，它们摇晃着，忽左忽右。在风的推搡下，它们看起来就像蓝天上的鱼群。格格不入。我们不知道和对方说些什么。我们在同一时间出现在那儿，渴望着同样的东西，只是从不同的人那里。如果还有谁明白从局外看局内的两个人是怎样一番光景，那就是丹尼尔。

过了一会儿，他对我说："你见过龙卷风吗？"我告诉他没有。他点点头，继续说："它们摧毁一切，你老远就能看见它过来。多数人会拼命逃出去。而有些人看见它过来，就是禁不住要看。"我什么都没说。然后他冲我眨了眨眼。

过后,理查德觉得骑自行车环游城市是个不错的主意。伊芙和丹尼尔不想去,于是又只有我们两个了。我们像当初那样安排我们在自行车上的位置,我坐在座位前的车梁上,他蹬车。就这样,我们四处骑行,头盔也不戴。我不怕出事。和理查德在一起时的感觉,就是这样。我不去想自己会遭遇什么,也不去想未来会是什么样。我已经身陷其中。

理查德骑车经过渡船码头的人群,我们沿着铁路出了城,一直骑到湖边。那里面是不能游泳的,因为水被污染了,但他还是下了水,说这没什么问题。他游出去很远,但还是近得足够让我发现他是在假装溺水。他胡乱挥舞着胳膊,脑袋沉沉浮浮,又游向更远处,故技重施。

回到他公寓后,他告诉我他和伊芙的友情正在发生改变。她要继续过她的日子了,而这里面没有他。她也再不会丢下一切来见他了。"我该娶了她,"他说,"我爱她,我不想失去她。"我没有告诉他该拿她怎么办,也没有问对我来说这将意味着什么。

　　一件接一件，他脱掉他的衣服，然后是我的。那个下午不知怎么改变了他。过去他对我一向温柔有加，现在更是如此。他躺在床上，合上眼睛，我把他迎入体内。我动作很慢。"就这样。"他说。我想把什么放进他的身体，让我们两个都能看见它的进出。我把手指戳进他的肚脐，这让他大喊大叫，就像那些我在隔壁听见的和他在一起的女人。我沉默着，呼吸着，把一切吸入。然后他喘起粗气，仿佛他身上就要发生什么。他坐起来，把我拉近，非常用力地吻我，不肯离开。我们就一直这样下去，脸对脸。我爱你。他不停地说着。

　　他让我在那儿睡，但我不想。我望着他，带着他无法察觉的悲伤。我不想和能做出这种事的人——拒绝接受我是谁的人在一起。他有时间用来后悔，用来犯蠢。我没有。在他转身背向我的时候，我不知道为什么要那么做，我伸手从那个解剖人模型里抓了一块零件。那是它的胃，一小块塑料。当然，它不是真的，但它在那儿，它有意义。

回到家，我吃惊地发现萝斯回来了。她问我去哪儿了，说她知道我成天和隔壁的那个家伙在一起。她说："他永远不会爱你，你知道的。你忘了自己多大年纪了吗？瞧瞧你有多少皱纹。"变老就是这样。直到亲眼看见，我们才知道自己长了皱纹。衰老是一件发生在自身之外的事，是一种别人在我们身上看见的东西。我不知道她为什么要那么对我说话。也许说到底，这与我无关。我什么也没说。我觉得她像是喝了酒，于是任由她说下去。过了一会儿，她说什么我都听不见了。

我的确就见了理查德最后一次，是在那年晚些时候，十月份。那是丹尼尔的葬礼。理查德在场，陪着伊芙，扶着她，抱着她，就像她的伴侣。眼见他回到她身边，我真觉得奇怪。让我感到奇怪的还有，我们做了那些彼此相爱的人做的事，现在看来却又仿佛什么都不曾发生。这倒不是针对他。伊芙这样的人，目睹了别人的爱，却任自己视而不见，又算怎么一回事呢。但，过了一阵子，这些都无关紧要了。

　　我望着闭合的棺材，想起我在报上读到的丹尼尔的事情，关于他是怎么死的。他是个游泳健将，体格健壮，但那天实在太冷了，他一定是抽了筋，才会溺水而亡。我想到他和他的一生，多么短暂的一生。四十岁，那算不上多久。他爱着一个人，并甘愿等到最后，那时我在他身边。我不知道人在一生中，是不是有某个重大使命，有必须向某个人传达的信息，当使命完成，就是离开的时候。我想起丹尼尔关于龙卷风的那番话。他看错我了，我们不一样。我没有等，我不是那种眼睁睁看着远处的事情发生的人。

　　丹尼尔的家人和朋友站起来讲述他的故事。我没有讲我的。那不是能讲给别人听的，于是我走了。我回头望着那清一色的黑衣，看不出人群中哪个身影是理查德。我开始忘记他的面孔了。

　　有一次，我走在我原来住的那座楼前的街道，理查德喊了我。我那时一定快八十了。我目光透过他，转身而去。我想置身远处，美丽而黑暗，兀自旋转，无拘无束。我不想让他靠近。没有什么，哪怕呼唤我名字的声音，也不能让我停下。

兰迪·特拉维斯

我们生活的这个新国家唯一让我母亲喜欢的地方，是它的音乐。从难民安置项目送的欢迎礼包里，我们得到了一台小收音机。箱子里还有其他用品，比如滑雪裤、连指手套和全新的内衣裤，但母亲最珍视的，是那台收音机。一只带刻度盘，能收几个台的金属匣子。音量钮只有三档，再不能往右拧了。她把这只小收音机举到耳边聆听着，像在聆听一只海螺。主持人总在歌曲的间隙简短说几句，偶尔还有笑声。笑，在哪种语言里，都是笑。他的笑声温和、内敛而友善。你会有种感觉，仿佛他也只身一人在什么地方。母亲庆幸有一个人类的声音，还有这音乐和她做伴，当我在上学、我父亲在工作的时候，她就一直听收音机。

我母亲尤其喜爱美国乡村音乐，因为这让她想起了她家里的女人们聊私房话的情形。这让她觉得熟悉。那些恳求、那些闲言、那些大城市的梦，以及来自一个没人听过的地方是何种际遇。那些歌总会讲述一个你听得懂的故事——讲心碎、讲爱情、讲一个人如何能承诺爱你到永远，阿门。我母亲不知道"阿门"是什么意思，但她猜那是一句终了时说的话，好让人知道这句话说完了。"三个苹果，阿门。"她会在街角的杂货店说。这样一来，我们的邻居都以为我母亲是信教的，而且虽然我们一家是佛教徒，她还是每周日和他们一起搭车去教堂。她很容易交到朋友，爱笑，而且一向不羞于练习她的英语。

她告诉我们，在教堂，他们会吃一块饼干，喝一口红酒，其余时间会有一个男人讲话。她并不确切知道他讲了什么，但他会讲很久。有时只是为了不让两手闲着，她会拿起她座位前那本沉重的书把它翻开。她并不完全理解他们在唱什么，但她还是会动嘴。就像在入籍仪式上一样，无论你懂不懂发下的誓言，你都必须得动嘴。

过了一段时间，不知什么原因，她似乎失去了去教堂的兴趣。她没有说为什么。

我父亲拿到他第一笔薪水的时候，他想买件不是必需品的东西。我们现在生活在一个新国家了，可以尽情畅想拥有一件奢侈之物。母亲提议买辆车，这样他就不必再挤公交上班了，但那超出了我们能负担的价格范围。他们想过去高级餐厅，像朋友带他们去过的那种，但又不喜欢把牛排厚切再用黄油煎的烹饪方式，餐桌上也没有加了辛辣调料和香草的鱼露。他们商量过买一副木质床架把他们的床垫放上去，但床是用来睡的，不是用来展示的。有那么多东西可以让我父亲花掉他的第一笔薪水，但最后他决定买一台唱机。在老挝，那是有钱人才有的东西。

我母亲爱上了唱机给她的掌控力。用收音机，要听到她想听的就只能等，也许要好几天才能再次听到她最喜欢的歌。现在，她可以把唱针搭在黑色唱片上，看着它转啊转，想听就能随时听到她喜欢的歌。从那以后，她再也没有重拾收音机。

后来，我们刚能买得起电视机和录像机，她就把乡村音乐颁奖节目录下来。提名名单宣读完毕后，她会喊出自己的获奖人选。如果哪个猜错了，她会记住每个奖项的获奖者，重放一遍节目，然后喊出正确的名字。每次多莉·帕顿[①]被提名，母亲都会选她，而且每次都对。她会大喊一声："我赢了！"我不明白她干吗要那么做。她什么都没赢得，不过是猜对了。

我母亲最喜欢的是兰迪·特拉维斯[②]的歌。每次我们在电视上看见兰迪·特拉维斯新的音乐短片，她都会飞快地按下录制键，其他一切事情都滑落到

[①] Dolly Parton，美国乡村音乐歌手、演员，1946年出生于田纳西州的一个穷苦家庭，其演唱生涯中共有二十五首单曲登上公告牌乡村音乐榜榜首，曾多次赢得格莱美奖、乡村音乐协会奖、乡村音乐学院奖等音乐类奖项。

[②] Randy Travis，美国乡村音乐歌手、演员，出生于1959年，自1978年以来共发布二十张专辑，其中超过五十首单曲登上公告牌乡村音乐榜，十六首登上榜首，专辑累计发售超过两千五百万张，获数十个音乐奖项。

了她脑后。她会跪在那里,脸贴近屏幕,伸手按下"倒带"和"播放",看着他一遍又一遍地唱。一段时间过后,按钮上的标志开始模糊,然后消失不见。

那时候,母亲对她平素做的家务活儿已经不太上心了。衣服洗了,但总也不叠,碗碟刷了,但没有烘干,也没有归位。后来,她发现了速冻食品,几分钟就能把它们热好。这些食品一度是我的最爱。我的朋友们在家都吃这个。我爱上了吃土豆泥、玉米、牛排和烤鸡。我父亲可不。他想要木瓜沙拉、鱼露、泡菜、血肠和糯米饭。但这些食物要花好几天准备,置办食材意味着要乘公交车长途跋涉到唐人街市场。发酵鱼露,腌渍泡菜,把整鸡剁成块,把糯米泡软,都要耗费时间。而时间,我母亲想用来听兰迪·特拉维斯唱歌。

我父亲和兰迪·特拉维斯一点也不像。没人留意他是谁,他何以为生。他从没说过"爱"这个字,向来不怎么表露情感。我母亲生日,他给了她几张二十加元的钞票,甚至连张生日贺卡都没有,也没有晚上出去庆祝一下的计划。他认为只要他在身边,就足以显示他的爱了。他认为他的沉默是爱，他的克制是爱。大声说出它，大加宣扬它，是恬不知耻的。他认为一天到晚为爱情长吁短叹是犯蠢。兰迪·特拉维斯是个什么样的人啊，以他的健康、他的长相、他的名气、他的财富，他有什么好悲叹的？

一天早上，我母亲给了我些钱，让我买一份《博普》①，好在背面找到兰迪·特拉维斯的邮寄地址。她拿出一张正面印着粉色心形的卡片，但她不会读写英语，让我替她写句话给他。我不知道写什么。我那时应该七岁上下，能懂什么成年之爱的语言？她用手指缠绕着几缕头发，不时发出一小阵咯咯的笑声，而我站在那儿，甚至拿不定主意该怎么下笔给他写一句话。我不喜欢她的表现，我担心万一兰迪·特拉维斯真的回信，我父亲会怎么样。

于是我写道：我不喜欢你。

母亲永远不会知道我写了什么。

我告诉她我写的正如他在歌里所唱的。一切关

---

① Bop，以十岁以上儿童和青少年为目标读者的美国娱乐杂志，1983 年创刊，2004 年停刊。

于爱的事物。

她笑了，然后在下面签上她的名字。

我们一次次把这些卡片寄给兰迪·特拉维斯，虽然从没有人回信，我母亲仍旧坚持我们要继续寄。我努力想些别的东西来写，想到有人写在学校卫生间里、喷在我们家楼外砖墙上的那些话。你真丑。滚回老家。失败者。有时我甚至什么都没来得及在上面写，她就在卡片上签了名，封进信封，然后塞进街角邮筒黑漆漆的开口里。我们一定寄了有几百张这种卡片，把钱耗费在邮资和信封上。我母亲始终希望能得到些回应。这和她为了来到这个国家所做的没什么两样，她说。

当然，我告诉了父亲我们在做什么，以为他能阻止她再沉迷下去。情况正在失控。那时我已经拒绝再帮她，说有作业要做，以为这样就能阻止她寄信。但她会自己继续把信寄出去，哪怕里面只写她的签名。我把其中一张卡片拿给我父亲看。他指指她名字的书写。它们看起来像椒盐卷饼，盘曲交错，他大笑起来，对我母亲说："兰迪·特拉维斯认的是英语。他看见你的名字,会以为是胡乱涂鸦。你那地址,谁知道他们在那儿到底干些什么。说不定,那些卡片直接进了垃圾场呢。"

但我母亲继续寄出那些签着她老挝文名字的卡片。她心里想的,嘴上说的,只有兰迪·特拉维斯。厨房水槽的下水管堵了,我父亲不知道怎么修,我母亲说:"唉,我打赌兰迪·特拉维斯知道怎么办。"还有一次,她在晚饭时大声说:"我打赌兰迪·特拉维斯会想和我共进晚餐。"她会盯着窗外的天空、月亮、太阳,或者一朵云,感慨道:"兰迪·特拉维斯也许正望着我此时此刻望着的东西。无论他在哪儿。"

我父亲终于还是不可避免地厌倦了她念叨兰迪·特拉维斯,最后他悲哀地告诉她,那男人是个明星,我们的生活永远不会和他有交集。"他根本不知道我们的存在。我们对他来说连一星闪光都算不上。"他说。说完他把手放到脸上,五指蜷起圈住眼睛,然后收拢里面的空隙,直到什么都不剩,只留一只攥紧的拳头。可你无法说服她走出对兰迪·特拉维斯的爱。那是将她遮蔽的一片阴影，你所能做的只有等待某束光照射进来。她甚至开始像多莉·帕顿那样打扮，相信他想要的会是这样的女人。她把头发染成金黄色，把发缕梳蓬松，拢在头顶。她放着他的音乐坐在窗边，等待着，凝望着楼下的街道，仿佛他会驾车前来接她离开。

我父亲希望这份对兰迪·特拉维斯的爱能有几分扫过他，他穿起了我母亲在车库甩卖会上买给他的牛仔靴。很快，他就穿上了牛仔裤和法兰绒上衣，学着兰迪·特拉维斯的样子站在那里。他会把一只手的拇指钩在他牛仔裤的裤鼻儿上，一条腿站直，一条腿膝盖放松往前伸着。看见他这样的变化，我母亲很高兴。但后来，当我母亲让他唱歌的时候，他彻彻底底搞砸了。

他不知道那些词该怎么念。

灿烂而期待的笑容从她脸上消失了，我父亲却只是更加卖力，他加大嗓门吼出副歌，拉长元音，试图发出南方腔的鼻音。他不是明星。他不是男主角。他靠把库房里的家具装进纸板箱过活。没人会花钱看他唱歌,但他不在乎。他只是在努力成为我母亲想要的样子。

有一天,我父亲告诉我,我们要去看兰迪·特拉维斯的演唱会。他说:"这是你妈想要的。为了她我们一定要这么做。"他租了一辆车,我们驱车南下。那时候还没有网购这回事。你得去到演唱会场馆,直接从售票处买票。

我母亲兴奋极了,她做了好多种我父亲爱吃的饭菜。我们出发前,她花了三天时间把糯米泡软,蒸好后把米饭装进饭篮①里,裹上毯子保温。她做了木瓜沙拉,还撒上碾碎的小虾干,炸了两只鹌鹑并用铝箔把它们包起来。我过去从没注意过老挝菜有多美,吃过那些暗棕浅黄的冷冻食品后,如今感觉仿佛一场回归。它们摆在一起,色彩如此鲜艳明亮,香气如此汹涌而尖锐。每一餐尝起来都像身处一场特别的仪式。这让人想起了她的故乡,她的爱。现在我明白为什么我父亲坚持只吃这些菜了。

---

① thip khao,老挝人用来盛糯米饭的一种传统容器,用竹子、芦苇等材料编成。——编者注

关于去那里的过程，我没有多少记忆了，只记得看见一块写着数字75的红蓝路牌。我们在那条路上开了好几天。我看不太清窗外的东西，只看见黑色电线如同给天空的蓝幕加了下划线，然后是黑暗，我自己的小脸望着我自己。

演唱会上，我们坐在观众席最外圈，那么高的地方，我根本看不出舞台上的人到底是不是兰迪·特拉维斯。他的脸只有大头针那么大。我闭上左眼，用拇指和食指从我们坐的地方比量他。他在我两指之间还不到一英寸。不由自主地，我把他占据的空间捏拢，直到再也看不见他。他开始唱歌的时候，我才睁开另一只眼，意识到他只能是兰迪·特拉维斯，他的声音和我们唱片里的一模一样。他不太在舞台上走动，几乎只是站在那里，弹他的吉他。事实上他看起来很害羞，每次观众站起来鼓掌，他都眼望地面。他会点头表示收到了他们的赞许，然后开始下一首歌。他并没有特地注视着谁，也没有单独把谁作为歌唱的对象。他望向人群，聚光灯在他身上投下一片我从没见过的光晕。他仿佛在闪闪发亮。每隔一会儿,他就朝我们的方向挥挥手,我母亲也会挥手回应。但对他来说,我们只是黑暗中的一个黑点。我想到我父亲付出了什么才让我们来到这场演唱会。他耗费了多少时间搬运、包装家具,把它们送进我们自己永远买不起的房子里,花得起钱坐得离兰迪·特拉维斯更近的那种人的房子里。从我们坐的地方看过去,舞台灯光照亮了他们的脑袋,他们也闪闪发亮了。

演唱会后,我们和所有十几岁的小姑娘们一起等在巡回巴士旁,但我太小了,除了人们的后背什么也看不见。我看见我父亲伸手去握我母亲的手,但他握了个空,因为当兰迪·特拉维斯走向巡回巴士的时候,我母亲正巧举起双手朝他挥动。我父亲把两只手插进裤兜,垂下头,望着地面,望着他的牛仔靴。

现在回想起来,我并不意外几年以后我母亲会找到其他让她痴迷的东西。这次是老虎机。她坐在那些机器跟前，它们把她的脸照亮，一枚硬币接一枚硬币地吞下她的希望。我知道我母亲对希望这件事毫不陌生，这也是我们一开始来到这个国家的原因。她养成了夜不归宿的习惯，多数晚上都睡在停在某个赌场停车场的车里，我父亲熬夜等着，看她会不会回家。没过多久，有人告诉我们她被发现倒在停车场上。人有时会死，未必要有一个缘由。生活就是如此。

这么说似乎不对，但我那时感觉替她松了口气。

上个月是我四十二岁生日。我去那间老公寓看了我父亲。一切如故，除了景色。原先公园所在的地块上现在建起了一座高楼。这里成了照不进光的地方。我父亲掏出他的钱包，棕色皮革的，边角已经磨破，里面塞满了收据、硬币和纸钞。他抓了一沓二十加元的钞票递给我，但我摆摆手拒绝了，说我不需要。他问我吃饭了没有，我说没吃，于是他用姜末煎了鱼，端出一碟木瓜沙拉和糯米饭。我们对彼此说的话不多，只管吃饭。刚尝第一口木瓜沙拉我就哽住了。发酵的鱼露就像指纹——你能循着它的做法找到它的主人。我父亲在他的鱼露里加螃蟹，那酱汁又黑又稠，成年累月地发酵。母亲不是这么做鱼露的。

晚饭后，我父亲和我去客厅看电视。他碰巧拨到乡村音乐频道，上面正放着兰迪·特拉维斯的特别节目。我们看了几段他的音乐短片，然后父亲站起来打开了他的卡拉OK机。我替他紧张，多年前他唱歌的样子让我不堪回想，当时他既不知道歌词，也不知道那些单词该怎么念。现在有了那台机器的帮助，他知道该怎么做了。我是唯一的听众，而且我坐得很近。乐声奏响，一个白点闪动在歌词上方。然后，他一开嗓，我惊呆了。

美甲美足

明亮的工业灯整齐排在天花板上。雷蒙德一个人在更衣室。你就是这么知道自己输了的。他知道会走到这一步。他们向来只谈胜出、击倒对手,以及他如何不尽如人意。但在他心里,拳击的快乐在于那些无人见证的小细节。他热爱那些让他能够来到这里的经历——一成不变的日程,训练和纪律。还有临战的紧张气氛,他缠好双手戴上拳套之后,走进拳击场碰拳之前,那些心脏狂跳的时刻。那时关于他,一切尚无定论,这一回合——就这一个回合——他的胜算不亚于任何一次,而他所要做的只是踏入那个赛场。就算那还没有发生,置身拳击场仍旧意味着离冠军近在咫尺,成为他赛程表上一个小小的注脚。那意味着他,雷蒙德,曾经来过。

而他最爱的,是在他的那一角①听见他姐姐的声音。雷蒙德听到人群沸腾,听到他们的助威、尖叫和奚落。但无论他们有多响,他姐姐的声音总能突破重围,冲他的对手,或者跟他作对的观众好一顿咒骂。他始于无名之辈,却不顾一切站起来放手一搏——哦,如果这不是勇气,他不确定还有什么是。

雷蒙德不知道拳击场上发生了什么——一阵快拳猛击的疾风骤雨,然后他出局了。当时没有一拳让他觉得痛。疼痛随后才来,和他周身弥漫的悲伤不相上下,那悲伤就像一副多余的骨头嵌在他的身体里。早在战斗开始之前他就知道自己会输,踏上拳击场的那一刻他更加确信了这一点,他抬不起胳膊,抬不起脑袋,看不见对手的脸,也不明白自己正在场上做什么。他在那儿无法思考。双脚动得不够快,拳头来的时候也躲不开。一拳拳砸在他面门正中间。又快,又狠,又猛。他的训练理应让他看

---
① 拳击台的四个角分别为两个中立角、一个红角、一个蓝角,其中红角和蓝角是红蓝两方选手赛间休息的地方。

到来拳，但他只是像个傻子站在那里等着挨打。回放他姐姐给他录的比赛影像的时候，他看了击打的慢动作，看到那冲击如何像波纹一样扩散到他的鼻子，他的颧骨，他的头发。在那结束之后，他能看见的只有黑光，视野中的一切都密布着一层黑点。他知道结束搏击生涯的时候就要到了，他必须得把有朝一日拿到冠军的想法抛到脑后了。事实是，他已经成了所谓的陪练选手。他在那儿只是为了让人打，一副通往某条胜利腰带的路上需要摆平的身体罢了。他说过如果到了那步田地他就离开，而事情已经到了那步田地。他不想以这样的方式离开拳坛，但是结束了，他知道。

失去自己在这世上看好的一席之地，雷蒙德不是第一个，但当时他并不这么觉得。他住在一间发霉，阴冷，只有一扇窗户的地下室里。刚租下那个地方的时候，他以为能时不时看见天空，可是地面不够低，他能看见的只有鞋、靴和后跟。脚。

雷蒙德的姐姐日子过得不错。她开了家"波德美容沙龙"，广告语是"低价美甲！低价美甲！"，很是上口。她想让他来跟她干,说他不用学习什么、只需要听她说让他干什么就行了,就像在拳击场上一样。她会像他在拳击台角那样对他吼,然后他就会去把事情办好。

雷蒙德却找了一份工作,在购物中心挖各种口味的冰激凌球,这一班工作结束以后,他会开始下一班,炒没滋没味的卷心菜。他已经几周没见他姐姐了。不给她打电话,她打来的也不接。不过不回电话这事,她可不答应,于是一天晚上,放心不下他变成了什么样、怎么过活,她找上门来了。可真是来势汹汹。她有他公寓的钥匙,踹开门就捶打起他的胸口,她的小拳头像淋浴时的水珠似的落在他身上。她告诉他,就算他不想让自己过得更好,她想。她搬出他们已逝的双亲——她每次迫切地想要表达什么刻骨铭心的观点时,就会这么做。她说他们离开老挝,那个在一场没人听过的战争中被炮火轰炸的国家,"坐上一条该死的竹筏,不是为了让你去问'那个要不要撒料?'"。她朝他脸上扇了一巴掌。"雷蒙德,你在购物中心做的那玩意儿,还不如我吐出来的屎强！"于是单单为了让她冷静下来，他答应跟她去美甲沙龙干。在那之后不久，他开始接电话，对那头说："你好，波德美容沙龙。我们低价美甲！低价美甲！"

一开始他擦地板，往瓶子里补充洗甲水、指缘油，或者任何余量不足的东西。他把纸巾裁成小方块，好节省大家的时间。他打开给蜡油加温的开关。等他把这一切做得驾轻就熟了，每次姑娘们做美甲、美足，给眉毛或者嘴唇上蜡的时候，他姐姐就让他坐在旁边观摩。他惊奇地看到顾客们的转变，跟拳击场上发生的事很像，但是相反。人们来的时候看起来像是熬了几个回合，沮丧而疲惫，耷拉着双肩，走的时候却轻松愉快，精神焕发。他想到像他这样的人遭受的伤痛，以及伤痛如何影响了他们拳击场外的生活——如果那也能叫生活。有一个伙计被打得昏迷了一年。有一个再也没能重建自信，终止了训练，一天到晚吃甜甜圈，把整个职业生涯都丢掉了。还有个伙计命都没了。雷蒙德回想起只看见黑光的时刻，他等待着那些小星星消失，等待着铃声响起,让他知道他们进入了下一回合。拳击,就他所知,实现不了他每天在沙龙里所目睹的那些美好。

在店里工作的一个姑娘因为严重的咳嗽迟迟不见好,突然向他姐姐辞了职,于是雷蒙德拥有了自己的工作台。他做的第一件事是把那一塑料筐工具和油膏放到自己左边。他姐姐可不喜欢。"他妈的怎么回事,雷蒙德,你这会儿要在我这儿充左撇子了。你个右撇子,你的东西全都给我放右边。妈的!我看你打拳击的时候倒是该想到这个,你知道左撇子有多他妈难打——他们干什么都反着来。太晚了不是吗,现在才改左撇子。"

雷蒙德什么都没说,只是把筐移到自己右边。他不喜欢和他姐姐争辩或者反驳。她总是照管一切,包括他。她嘴上强硬,人也当真强硬,但她有一颗善心。这两者未必不能兼有。

他姐姐让他在一只塑料手上练习。问题是,它不连在任何东西上。它在手腕处被截断,直挺挺立在空中,好像在等着和你击掌。它可以转动,好让你在一个更好的角度上画颗心或者点些点。他姐姐一言不发地看着他练。画好以后,她拿起那只塑料手,在他脸前摇晃着说:"可是手是他妈带身体的!你不可能为了画颗该死的心,就把顾客的手三百六十度地转!而且那是你要画的东西吗,雷蒙德——一颗该死的心?我看像坨恶心的臭屎。"

她把那只手砰的一声扔在身后的空台子上,把雷蒙德小小的台面清理出空间来,然后伸出自己的双手。"来,"她说,"在我手上试。"对于一个一天到晚为别人做美甲的人来说,他姐姐绝对算不上有一副好指甲。她的指甲太长,指尖发黄,手指干燥脱皮。"瞧你那该死的脸!我知道你是怎么想这副指甲的。我要是给它们涂上油,我给顾客用的洗甲水只会毁了它们。而且我才不会把甲油胶那狗屁玩意儿用在自己身上呢。它贵得要命!"他已经开始给她剪指甲,她又说:"跟我说说话,就当我是顾客。说啊。问我今天过得怎么样,聊天气,说点好听的话,试着聊聊天。"雷蒙德试图想出点他能聊的,但还没等他张嘴,他姐姐就宽慰他说:"这部分你不用太担心。大多数时候他们都不会和你说话,因为他们以为你不会说英语。这倒好,毕竟聊天太费神了。我才不关心他们孩子、丈夫、男朋友,或者周末他妈的打算干吗。你要是累了或者没兴趣,不想和哪个顾客聊下去了,扭头跟我说老挝语就是了。他们会以为咱们在聊他们,这能让他们立马闭他妈的嘴。"

不过是低价做美甲,雷蒙德心想,他要做要记的有那么多。

雷蒙德在工作中犯了许多的错误。他会忘记在瓶口刮掉多余的指甲油,结果涂得太厚。他会太早检查指甲油有没有干,手指按在顾客涂好的指甲上,留下一道指印。他还没能在指甲和甲小皮之间留够画出指甲轮廓的空间。每次他都只能从头再来,本来二十分钟的工作常常要花掉他一个小时。但他姐姐交给他的顾客都很有耐心,对他画的心从来不说什么,哪怕它们的确就像他姐姐说的,像一坨一坨的大便。没有人抱怨。她们离开以后,他姐姐说:"瞧见了吗,雷蒙德?要是我干了你干的事,我会被骂个狗血喷头。可你呢？左一句'哦，甜心，慢慢来'，右一句'别担心，亲爱的，你做得很好'。"每次他姐姐学某个顾客说话，都会换上一副尖细而恼人的嗓音，她会一手叉腰，另一只胳膊挥来挥去抽打着空气。他不得不承认，跟她一起工作是一种乐趣。她总有办法逗他笑。

慢慢地，工作变得容易起来。日子过得很有规律，他只需要按部就班。他姐姐喜欢把雷蒙德以前是拳击手的事拿出来炫耀，而顾客们似乎也喜欢让这个壮实的大个子前拳击手摆弄她们的小手。他本以为被一个男人这样摆弄会让有些人不舒服，但他姐姐告诉他，顾客觉得被这样的肌肉如此轻柔地碰触是件很美妙的事。

雷蒙德擅长驾驭这种无休无止的重复，并能很好地判断需要做什么。这让他想起了在健身房练拳，你得快速思考，快速行动，预判来招，然后做出反应。每一位顾客都想要点不同的，但有些最基本的东西每个人都需要。他洗掉指甲油，修剪指甲，涂上甲缘油，然后把甲小皮从指甲边缘推开，好让指甲看起来轮廓分明。有些指甲没有形，它们又平又直地从甲床上长出来，他得用指甲锉把它们修圆。他需要把锉倾斜到四十五度，想好指甲的弧度从哪儿开始。弧度，是个微妙的东西。一开始，他戴着遮住口鼻的面罩，还有手套，但他手上打滑，顾客也听不清他说话。几天以后他就不戴了，把自己暴露在指甲碴细小的粉末中，它们现在钻进了他的肺，在里面挠搔。

有许多种颜色的指甲油，他记不全，就让顾客一进门就选一种：周日虾壳橙、奇异冷艳紫、双重人格蓝、第二自我粉。那些名字和颜色沿着墙面贴满了整间屋子。因为男人做美甲是如此罕见，又或者她们只不过是乐于享受一场愉快的调情，他的顾客会给他二三十加元的小费。她们对他说"干吗不给你的小情人买点好东西"，或者"出去找点乐子好了"。他姐姐向来是个能发现风吹草动的人，她说："该死！我能挣个两三加元就算走运。不就是因为你是个该死的男人吗？就算我自己的产业，我一手做起来的生意，还是男人挣得更多。付钱的可是女人，她们不应该这么糊涂!"她会愤愤不平地看着他点他的小费,这些钱加起来常常比她做美甲美足套餐收的钱还多。

如果说这份工作有什么是雷蒙德不喜欢的,那就是脚趾。雷蒙德刚做了几周的美足,手上就长了疣子。

他姐姐说:"恶心!我可不许你给人家做美甲的时候,让他们看见那恶心人的狗屎。你最好休几天假。而且那玩意儿说不定传染呢,我他妈也不知道。我让你戴手套了!"

他揪了揪手上的一颗疣子,不由得龇牙咧嘴。

他姐姐说:"你不会现在要因为这个跟我辞职吧?你知道人都是奔着你来的。从没见过这档子事。"

但他担心的不是疣子。打拳击的时候,情况严重起来能让人头痛欲裂,眼见黑光,胡言乱语,或者一命呜呼,跟这些比起来疣子算不了什么。疣子迟早会下去,他才不会放心上。成问题的是脚臭。它钻进他鼻孔的毛孔,像毛囊一样在里头生了根。

那气味逐渐成了他的一部分——像酸了的牛奶。他从来忘不了自己是干什么的，因为它总是纠缠不去。他开始在喉咙后面尝到脚臭味。很快他对食物完全失去了兴趣，这让他体重下降，但他姐姐说这是好事，因为这意味着会有更多顾客来店里看他。她给他买来紧身黑T恤，非要让他在店里穿。他的肌肉从袖子和领口里鼓胀出来，布料像过度填充的肠衣绷在他身上。他姐姐说："动起来，雷蒙德。用不着为你自己有的东西害羞。绷紧肌肉，把它亮出来。为了生意，我们需要这个。光靠美甲可不够——这附近谁都会做。"

雷蒙德确信带来那些疣子的不是他的女顾客。女人多数都会打理自己。她们常年光顾美容店和水疗馆，脚趾原本就干干净净，修剪整齐。他把这归咎于男人，那些一辈子没修过脚、一年四季穿着厚袜子和皮靴的男人。那些男人以前不好意思让女修脚师看见他们没修理过的脚趾，现在有男人在美容店工作了，他们就来找他。同为男人，雷蒙德懂得闭口不提那糟糕的状况，不去点破脚只因为不被看见就遭遇的常年无视。他只能像切黄油一样削掉一层又一层老皮。他姐姐会说:"你知道为什么那儿的皮是黄的吗?呵,那些该死的家伙洗澡的时候撒尿!就这样。恶心的混蛋!"

不过,雷蒙德没有把太多时间倾注在这部分工作上。雷蒙德最喜欢一位顾客,艾米丽小姐。他可为她做的不多。她的甲小皮已经推开,她的甲床细长平滑。她手脚的皮肤摸起来像婴儿的一样,丰润又柔软。她总是替他着想,来之前先把指甲油洗掉,好让他可以直接开始修指甲,做蜡疗,然后涂上三层指甲油。第一层是为了防止指甲油伤害指甲,第二层才是彩色指甲油本身,最后一层用来防止指甲油剥落,并让它保持光泽。

每次一接班,雷蒙德就会先去查看前台的预约簿,让手指滑过所有的名字。看到艾米丽小姐要来的时候,他会深吸一口气,就好像有什么美妙至极的事要发生。他会额外花时间擦亮他的工具,把椅子上的靠枕拍得松软。他甚至出去买了几枝红玫瑰,插在他工作台上的花瓶里。艾米丽小姐走后,他会止不住地微笑，不停地问前台的女孩艾米丽小姐什么时候会再来看他。

有一天他姐姐说："什么，难道你以为你和那个艾米丽小姐有戏？她有钱，受过教育，跟咱们不是一类人，咱们也永远成不了她那类人。你现在别做大梦了，小老弟。把你的梦缩成一点点，一粒米那么点，每天晚上把那狗屎玩意儿煮熟吞了，第二天早上再把那该死的东西拉出来。那事绝对不可能发生。要说我这辈子了解什么，那就是有钱的女人。那女人不是你的。"可就算他姐姐这样给他泼冷水，雷蒙德还是一天到晚做着艾米丽小姐的白日梦。她不来的时候，他就把所有顾客的指甲都描画修剪成艾米丽小姐的那样。任何人都可以是她。

后来的一个下午，雷蒙德在玻璃门边扫地的时候，抬头看见艾米丽小姐和一个男人。雷蒙德看着他们两个紧挨着站在那儿，两手相触。他以前从没见过她跟别人一起。男人穿着三件套西装和价格不菲的皮鞋。那黑色皮革擦得发亮，脚趾弯曲的地方没有褶皱。雷蒙德把扫帚一放，坐到工作台前开始准备。艾米丽小姐进来就座的时候,这男人的古龙水味也随她飘了进来。那不是任何一款药妆店的香水,那些雷蒙德知道,他全都试过。虽然雷蒙德在他小小的工作台上握着艾米丽小姐的手,但他感觉他们之间拉开了一道冰冷的、无法跨越的鸿沟。他的微笑不过是礼貌性的,仅此而已。他姐姐一直在看他,她看见他的神色黯淡下去,就像他在拳击场上知道自己要输了那样黯淡下去。

晚些时候,雷蒙德的姐姐开车送他回家。这是他们的惯例,一天中也只有这个时候他们才能做一会儿姐弟——重新成为一家人。雷蒙德没有马上下车。他还不想回公寓。太阳还没落山,他想感受阳光照在他脸上。

他们坐在车里,停在他的公寓外,他姐姐摇下车窗,点了支烟抽。她摇摇头。"雷蒙德,我不是告诉过你吗,你就不该做梦。那女人永远不会爱上一个做美甲的男人。现实生活不是那样的。你和我,咱们生活在现实世界。老天给了你什么位置,你就只能在什么位置上做到最好。他妈的放弃吧。我讨厌你变成这样。有的是姑娘要你!她们一直想跟你好,是你自己视而不见。就像店里那些姑娘,她们都对你饥渴难耐了。"

那些姑娘不是结了婚,就是和别人确定了关系。他姐姐不知道的是,在她出去抽烟或者采购的时间,她们在她背后都说些什么话——她们如何想方设法怀上孩子,但沙龙里的化学制剂让孩子总也不来光顾;她们如何开始咳嗽,然后就再也止不住;她们多想辞职,但又无处可去。

雷蒙德不喜欢反驳他姐姐,但这次,他觉得她不该说那些话。"没错,"他说,"你知道,也许艾米丽小姐永远不会和我这样的男人在一起,可我就是想做这个梦。那是种美妙的感觉,我好久没尝过那种滋味了。我知道我压根儿没戏,可它能让我撑下去,撑过下一个小时,下一天。你别来教训我像我这样的男人该做什么梦。但凡我还能做梦,我就有盼头。"

雷蒙德的姐姐没说话。她只是越过方向盘直直地盯着远方。他知道自己的脸和她的很像,只不过历经摧残——鼻梁塌陷，左眉被一道疤痕割断，歪歪扭扭。虽然她的脸经过美容、面霜和抗皱精华的保养，光滑而红润，但雷蒙德看得出她的心境就像他的面容，挫败而残破。她不愿认出那张脸，不愿看见它的上面浮现出希望。希望对她来说是一件可怕的事——那意味着无论你希望得到的是什么东西，它都不属于你。

过了一会儿，她又抽起烟来。每吐出一口，一朵小小的灰云就像她总是提醒他缩小的梦那样消散开来。雷蒙德垂下头，盯着自己的手掌，那些让他几个星期干不了活儿的疣子卷土重来了。

他们无言地坐在那里，坐在渐沉的暮色中，车窗一直敞着。他们能听见不远处有一家人在自家后院里，烧烤架上嘶嘶作响，还有咯咯的笑声——稚嫩，柔弱，童真。那是他们自己还是孩子的时候曾有过的笑声，如今再发出这样的笑声，只会让他们觉得犯傻。那像是一件遥不可及的事，一件只发生在别人身上的事。如今他们能做的只有躲在近旁，不被看见。

不赶趟就捣蛋！

我们那座楼有五层,每层长得都一样——走廊一侧的两扇绿门正对着另一侧的两扇绿门。楼里住的其他人我们一个也不认识。我们不和外人打交道,也不去其他楼层溜达。没那个必要——你只需要走到你住处的门口。

放学以后我跟我弟弟经常会被单独留在家里,尽管他才六岁,我也只有七岁。爸爸在一家工厂给电线装线芯,如果没有达到当天的定额,有时他就得加夜班补齐。多数时候他一天工作十二小时,下午四点左右午休,这样他就能从学校接上我们,把我们送回家再回去上班。妈妈没法从工作中抽身去做这些,因为我们只有一辆车,开车的是爸爸。

每次爸爸要放下我们回去上班的时候,都会提醒我把门上的防盗链挂好,别出声,别给任何人开门",就算对方说是朋友也不行。他让我把这间公寓里,我们害怕的时候能藏身的地方都检查一遍:床底下、浴帘后的浴缸里、鞋柜里。

万一我们碰上了麻烦,爸爸说,我们不能找邻居帮忙,也不能打911。他说那等于向警察告他的状——把我们自己留在家里没人看管,倒霉的会是他。不管遇到什么麻烦,我们都得自己解决,他说。说完他会指指暖气后面,那里有他藏的一把红色木柄小斧头。

当他第一次把那把斧头放在我手里,斧柄轻得出奇。爸爸说:"好了,你只有一次机会,照着脖子或者脸砍。你要瞄准的地方,"他指指自己脖子左侧,"就在这儿。"我把斧头举高,但爸爸忍不住笑了起来,说刃口反了。他过来给我演示为什么锋利的那端才是造成破坏的部位。我再次把斧头举过头顶,然后一下子砍下来。这一次,爸爸笑得好像他只不过是在看我丢皮球——那笑声的意思是可爱,我做的事情可爱。看我那么紧张,他说:

"啊，不用担心。我像你这么大的时候做过更糟糕的事。说不定还没你大。"爸爸让我放心，说我也许永远都用不着那把斧头，但重要的是我得知道我会用。

但我能想到的只有那次深夜，有人到我家门口大声砸门，叫嚷着："开门！我有刀！"爸爸透过猫眼朝外看的时候，我和弟弟惊恐地站在门边，回想着那些我们能藏身的地方。那砸门声还是响个没完，我们抱住父亲，两人都紧紧攥住他的衬衫。我真庆幸那天不是我们自己在家，又是个周末，爸爸没有去工厂加班，而是和我们待在家里。爸爸低头看着我们两个，抬起一根手指放在嘴唇上，于是我们一声不吭。然后他小声说，他本来打算开门的，但那人说自己有刀以后他改主意了。"没有这么求人帮忙的！"爸爸拍着膝盖大笑，弟弟和我也笑了，只不过压低了声音，免得被门那边的人听见。

第二天早上，我们要出门去学校的时候，我注意到门上有一抹血迹。

多数周六，爸爸会开车带我们一家去我们梦想住进的小区，那儿有宽阔的林荫道和维多利亚式的大房子。我们去唐人街买食品杂货的路上就会顺便去那里。我们会缓缓驶过街道，选出我们想住进的房子，指出我们希望自己的卧室所在的那扇窗。爸妈和弟弟总会选那些高大而宽阔的房子，我却关心人们落在外面的东西。有时候是留在车库前车道上的曲棍球杆、没有标记的守门员护腿，还有球网，或者丢在门前草坪上的粉色自行车。照我看，如果这里的人可以就这样让东西全都散落在外，不收起来也不用链条上锁，那他们一定从来都不用担心会有人拿他们的东西。

有一次，我发现那条街上每座房子前的台阶上都摆着生南瓜——有的是一只巨大的南瓜，有的是一堆小南瓜。上面通常刻着脸：三角眼，圆圈鼻，嘴里垂下一两颗牙齿，咧成一个大大的微笑。有时候种子被掏出来堆在南瓜嘴旁边，好像它在呕吐。在学校，我们画出橙色的圆，或者从橙色的卡纸上剪出圆，给它们贴上圆溜溜的眼睛。

我从后座探过身问爸爸:"这儿的人怎么这么爱南瓜?"他说:"可不是,真奇怪。我看简直是浪费粮食。"我们看过所有那些南瓜之后,爸爸对妈妈说:"在这样的小区里,没人会往零食里投毒或者放尖刀片,对吧?"然后他回头朝我们叫道:"我有刀!开门!"我和弟弟装作害怕地尖叫起来,可我们一点都不怕。

从那之后,我弟弟九岁之前的每年十月,爸妈总会带我们出去"不赶趟就捣蛋"。

我们第一次去的时候,我弟弟头上罩了一条床单,上面挖了洞,让他露出眼睛和胳膊。爸爸没多少时间给他做什么。他花了几个星期,给我做了一件紧身长袖黑衬衫和配套的裤子,衣服正面缝着夜光面料的骨头。黑暗中你根本看不见我,只会看见一副骨架穿过房间。这让我弟弟兴奋地尖叫起来,他知道过不了多久这套行头就会传给他,就像我拥有过的所有东西一样。

很少见爸爸这么早下班回家。我不明白为什么,担心他丢了工作。他总是这么告诉我们,说他必须长时间工作，否则就会干脆没了工作。可接下来他让我们换上那身装扮，尽管不打算去买杂货，他还是开车带我们去了我们想住的小区。爸爸停下车，让我们穿成这样挨家挨户上门，对着应门的人喊"不赶趟就捣蛋！"，然后递出我们敞着口的枕套，让他们装进各种各样的零食。我不相信他。那时候我确信他真的丢了工作，我们所做的，不过是他把我们送走的计划中的一部分。每当我们不听话，或者想要他们买不起的东西，爸妈就是这么威胁我们的。我想哭，但我看见我弟弟看我的眼神——就好像他需要我变得勇敢，为了我们两个人。

爸爸下了车，把座椅前倾好让我和弟弟下来。他拉着我们两个的手，领我们来到第一座房子跟前。它高大极了，窗户有门那么大，我真好奇住在里面的是谁。弟弟和我一边独自爬上门前的台阶，一边回身确认爸爸还在。他站在路边，手插在口袋里，只有朝手里呼热气的时候才把它们拿出来。他穿着薄夹克和牛仔裤，他心目中的潇洒装束。

保暖的外套和连指手套有损他的风度。发现我们一直站在台阶上,只是望着他,他鼓励我们继续,举起双臂挥扫着面前的空气,提醒我们:"要说'不赶趟就捣蛋'!"

我们来到门前,站在那儿,试图照爸爸教我们的找到门铃。"从这儿你就能看出房子的豪华,"他说,"它太大了,里面的人听不见前门的敲门声,所以你得按按钮或者拉铃。"

弟弟拍拍我的胳膊,指了指门右边的按钮。结果我们俩谁也够不着。我把弟弟抱起来,他按下门铃,一下,再一下,然后我轻轻放下他。一盏灯亮起,一个留着棕色齐肩发和齐刘海的女人开了门。她戴着眼镜,一脸和善的笑容。她说:"好吧,那么,你是个幽灵……你呢……噢,老天!瞧那身衣服!哎呀,多惊人的画面!你从哪儿弄到的?是你妈妈做的吗?"

我紧张得答不出话来,于是我小声说:"不赶趟就捣蛋。"

"哦,哈罗德,出来啊!这些孩子简直太可爱了！哈罗——德！快出来！"

哈罗德来到门口，一路趿拉着他毛茸茸的拖鞋。

"不赶趟就捣蛋。"我又轻声说了一遍。

哈罗德大笑一声，说："伊莱——恩！这太——可爱了！给这些孩子多拿点，好不好？"他从门后的什么地方够出一只大玻璃碗，往每个枕套里丢进两包薯片。

好吃的一进我们的枕套，我们两个就大喊一声"不赶趟就捣蛋！"，然后咯咯笑着从那座房子跑开，就好像逃脱了什么我们从没想过能够逃脱的惩罚。我们跑向还站在路边的爸爸，给他看了枕套底的一袋袋薯片。

"瞧！我告诉过你们，"他说，"只要说'不赶趟就捣蛋'。"

于是那一整个晚上，我们挨家挨户地叫"不赶趟就捣蛋"，直到我们的枕套重得再也拿不动了。小区里还有别的孩子，他们打扮成公主、南瓜、女巫，还有橄榄球运动员。他们中我们一个也不认识。有时候，我们会和他们其中的一帮相遇在同一座房前的门廊上,我们会递出我们的枕套,他们会递出带把手的塑料南瓜。我和弟弟说"不赶趟就捣蛋"的时候,门后的人总会让我们凑近点,好多给我们些零食。

我们回家以后,爸爸妈妈把枕套倒空,把零食挑拣了一遍。自家做的,包装不严的,或者已经开封的东西,我们通通不能要。

第二天在学校,我和弟弟在午饭时间拿出我们的零食,像街头小贩似的把它们摆在桌上,告诉朋友们我们去了有巨大房子的地方"不赶趟就捣蛋"。我们的朋友不是在自家楼里,就是去了邻近的房子,或者干脆没出门,所以他们只有少得可怜的泡泡糖球,或者一两枚极小的巧克力块。我们有成包成包的薯片、整板的巧克力、一袋袋泡泡糖——还有更多在家里等着我们。

当班的午饭女工探过围在我们周围的人群说:"你们是说你们去'不给糖就捣蛋'[①]了吗?"

[①] 原文为 Trick-Or-Treating,万圣节时孩子向邻居索要零食时说的话。"我"和弟弟说成了 Chick-A-Chee。——编者注

我们摇摇头。那女人不知道自己在说什么。我抬头看着她多管闲事的大圆脸，说："不，弗曼太太，我们是去'不赶趟就捣蛋'！"

老天无情

冯先生伸长脖子望过婚礼宾客的头顶,想好好看看新郎新娘。看着他们了,他转向自己的妻子女儿,做了个大胆的预测:"啊,他们看着多和美啊。可惜长久不了。"

冯先生之所以受到邀请,既不是因为他是这家人的亲戚,也不是因为他是这家人的朋友。这对年轻新人找到他,是因为他是城里唯一能在婚礼请柬上印老挝文的印刷商。他的老挝文字体、他对老挝文辞的精通,以及他对微小细节如何成就重大结果的洞晓,都让他大受青睐。的确,他的顾客本可以自己下载字体,然后去金考快印[①]打印出来,但这样

[①] Kinko's,一个以印务为主要业务的全球连锁品牌,其门店在北美等地区分布广泛。——编者注

的怠惰也许昭示着一段怠惰的婚姻，挫折刚一露头，他们的结合就有可能破碎。

除了婚礼请柬，冯先生在店里也印别的东西。他挣不了多少钱，顾客多是那些大一点的印刷商不愿打交道的人——自己单干、不大宗采购、没时间上网、不会说英语的男男女女（借助手势和声音，冯先生找到了和他们交流的办法）。他最喜欢的就是这些顾客。在地里干了一天农活儿，指甲缝里夹着泥土的农民；衣服上沾着血，没时间换掉的屠夫；只有二十分钟就要回去工作的缝纫女工。他们让他想到了自己——他们全都做着这世上不起眼的活儿。

他不喜欢的顾客，是那些身穿昂贵西装来到店里，却总让他给个优惠的销售员。他能根据他们手腕上手表的光泽，油亮的背头，晒成棕褐的肤色，还有他们完美的英语分辨出这些人。他们喊他"老兄"，纠正他的拼写，像瞧一个过后打算讲给朋友的笑话一样瞧着他。他总是用一句"去你妈的"把这些人撵走。有时候他心情好，又有闲工夫，会给他们个面子，允许他们在他的店里待十五分钟，任由他们滔滔不绝，给他展示他们的销售和收益图表——某种花里胡哨的商学院做派。不过最后，他又会故技重施，像对以前来过的其他人一样，朝他们大吼大叫。这些人有他们的玻璃写字大厦、秘书、律师和弄虚作假的税务会计保护，但在他的店里，自己所有、自己经营的店里，他是老板！全然拥有一样东西，这让人有底气说："去你妈的！去你们所有人！下地狱吧！"这是过去别人说他的话。调换角色，拿这话来说别人，看着他们大惊失色、踉踉跄跄地仓皇逃走，有趣极了。

冯先生在店里制作和印刷的所有东西里，是那些老挝文的婚礼请柬给了他最多的快乐。冯先生对他的请柬一丝不苟。他自己造纸，每一根纤维都在他的店里干燥、压平，这个过程要花上好几个月。他甚至自己调制颜料，创造出独一无二的最终色调。他在一本剪贴簿里记录下他用过的所有颜色和色调，每一个小小的方形色块都带着名字和日期。若使用某种颜色的颜料超过一次，也许会让人觉得，没有一桩婚事是独一无二的。他戴着一副头箍，上面安着珠宝匠用的放大镜，仔细检查请柬上的每一个字母。他一心要确保最微小的细节都准确无误——拼写错误可能预示着这对新人不是完美伴侣。他是他们好运的守护者，而且是最出色的。

订婚的新人对他的用心和专业满意极了。当这对新人看到自己婚礼请柬上的老挝文，它的圈结和螺旋，它彩带般的花体，他们尖叫着说："噢，冯先生！冯先生！我们爱这些，它们太完美了，美极了。你六月有安排吗？你一定要来参加婚礼，一定！没有你我们办不成。"两个人咧嘴笑着，露出耀眼的、整齐的牙齿。

正是在新郎新娘跳他们作为夫妻的第一支舞的时候，冯先生做出了他大胆的预测。

"你只管记住我的话，"冯先生继续说，"这段婚姻撑不了一年。"

"哎呀，你干吗说这话？"冯太太说，"小点声！"她赶忙提醒，在他胳膊上拍了一巴掌，环顾四周，看同桌的人有没有听见。但所有人的注意力都在新郎和新娘身上。有人伸手去握自己伴侣的手，回味两人在亲朋好友面前的第一支舞；有人吃着自己盘里的食物，好再去盛第二份。宾客刚刚被招待了一席佳肴，有木瓜沙拉、春卷、糯米饭、鸡肉碎佐新鲜香草和香料，还有裹在芭蕉叶里的甜点。

"撑不了一年，这是我的预测。你知道这些事上我一向很准，你知道。"他说着指了指他二十七岁的女儿。她赞同地点点头，他继续说下去："我要是花了一整只龙虾的钱，我就得吃到一整只。"他指的是每次他们点龙虾餐——菜单上最贵的菜——冯先生都要确保他们吃到的东西物有所值。龙虾壳也许已经被敲开，或者嚼碎成泥，但他会让所有人把虾壳放回主菜盘，这样他就能重新拼合碎片，把它们舒展成原来的形状，再重新组合成龙虾的身体，好瞧一瞧是不是少了什么。有一次，一只钳子、半个虾尾和几条腿不见了。冯先生就知道！他叫来服务生，为缺斤短两的事大闹了一场，包管整个餐厅的人都知道他可不是能吃得下这种亏的人。

"我知道,我知道这些事。"他说。然后他重新转向他的饭菜,往一团压扁的糯米饭上盛鸡肉碎。

果然,不到一年新郎和新娘就离婚了。

那年晚些时候,冯先生做了他的又一次预测。这次他刚打开婚礼请柬就下了结论。他说:"啊,办都办不成。"

"爸,怎么回事?你怎么能知道办不成?"

"瞧瞧,这请柬是在城里哪个高档的店里印的。"

"是啊,那又怎样?"

"那就是说,他们那地方印不了老挝文。瞧瞧这个,"他说着指了指请柬的文字,"全是英文。"

"说不定新郎新娘不懂老挝文。"

"这没关系!不管你懂不懂,那语言都应该有。那是你来的地方,干吗不印?"

他女儿凑过来看请柬。在这张讲究的请柬上,哪儿也不见老挝文的影子。它十分精致——厚实的纸张,她的手滑过文字时能摸出的浮雕印刷,银光闪闪的小凸起组成了姓名、地址、日期。还有,是的,冯先生的预测没错。准新郎撕毁婚约,娶了另一个叫苏的。他们打了电话,婚礼取消,不办了。

"爸,说真的,你到底怎么知道的?"

"看吧,我懂这些事。你就不可能办成一场请柬上没有老挝文的老挝婚礼。而且那上面得写你的真名。没错,那名字很长——可那是你的名字。你的名字其实是萨冯娜娃撒卡德,那你干吗想做苏?因为,你知道的,最后真正的苏会嫁给那个人,请柬上不是那么说了嘛。"

等到冯先生的女儿结婚的时候,他没有吝惜分毫。他从老挝订购了用当地一种稀有昆虫的翅膀碎片做成的闪光颜料。那金粉是真货,不是人造的——真正的闪烁和光泽,配一场真正的婚礼。他手工印刷请柬,把每一张摊在金属架上晾干。每层架子十张,总共二百张请柬,是个双数,能一直被二整除下去——这在婚礼中是个重要数字。冯先生没有用电风扇吹干颜料,因为他想让它们自己风干。

本来几个小时就能干完的活儿花了四天。在他看来，用机器等于作弊。他做了他所能做的一切，只为确保他女儿的婚礼请柬完美无缺，已经做好准备接受老天的检视。

婚礼那天，冯先生的女儿穿了一件白色无袖婚纱。它朴实无华，没有蕾丝也没有纽扣，但那布料就像牛奶喷泉般顺着她的身体流淌下来。

可是新郎没有到场。逃婚了。

当新郎不会来了的事实变得显而易见时，冯先生的女儿提起裙摆，怒气冲冲地向他跑来。"都是你的错，是不是？那些请柬，一定是哪儿出问题了！"

冯先生试图想出一个回答，一个他能用来解释婚礼如何弄到了这步田地的回答。"我……我在门后找到一张请柬，"他说，"我一定是把它漏了。所有请柬都必须同时发出去，就那一张。我没想到老天这样无情。我很抱歉。"

当然，这并非实情，而且远非实情。他把一切都考虑到了！而现在，多少句"下你妈的地狱"都奈何不了那小子。可他又怎么能告诉她，她爱的那小子既不体贴也不善良，他不爱她，有时感觉像爱的东西只是感觉像爱，而非真爱。他什么也做不了，只能说："是，是，是我的错。都是我的错。"

世界之涯

我四岁左右的时候,母亲和我成天挨坐在沙发上,一边吃着巧克力看肥皂剧,一边哈哈大笑。母亲的笑声响亮而奔放。她从不捂嘴,嘴张得那么大,我能看见嚼了一半的巧克力糊在她的腮帮里。只有我们俩单独待在一起的时候她才会那么笑。当着我父亲或者其他人的面,她会用手捂住嘴,咯咯轻笑。真想让所有人都看见我在我们俩独处时看见的场面。

我母亲靠看这些肥皂剧学说英语,很快她就开始练习她学到的东西。我父亲不想吃饭的时候,她会问他是不是已经跟谁一起吃过饭,所以没了胃口。当烘干机里少了一只袜子,她会问它去哪儿了,父亲答不出来的时候,她就指责他偷情。

我父亲没把她的话当回事。他试图轻松地进行这场对话，说他倒是希望他的工作没那么忙，希望生活真像她想象的那样充满了艳遇。但随后他会严肃起来，说："你不明白，是吧，我在工作里过成什么样。他们一个个英语说得飞快，一天到晚朝我大吼大叫，让我跟上。有时候我简直觉得自己活得没个人样。"

我父母独处的时间不多，即使独处，也没有什么老挝酒吧、咖啡厅或者餐馆可去。偶尔我们会被邀请去其他老挝难民家参加聚会。有些人已经来了很久，就像我们；有些才刚到。聚会上，大家跳舞听曲、打牌吃饭、追忆过往。他们一整晚笑声不断——一阵阵伤感、微弱的气流迸发——难以置信地摇着头，感叹自己在这个新国家活成了什么样子。

我父母去这些聚会是为了听听家乡的消息，或者打听那些留下的人怎么样了：谁还在那儿？他们的房子还立着吗？他们要是逃出了老挝，最后去了哪个难民营？待了多久？在哪儿靠的岸？报纸或者晚间新闻里，他们从来听不到关于自己国家的半点消息，就好像它不存在一样。

我父亲常常是聚会的中心。每当一浪笑声从客厅涌过来,我朝那屋里看的时候,总是他在那儿给大家讲故事。看上去所有人都喜欢听他讲那个"遵命,先生"的故事,即便他们都已经听过,他还会像他们没听过那样从头讲起。他告诉他们,每当工作中有人让他干什么的时候,他都用英语回以"遵命,先生!",但他是用"去你妈的!"的语调和狠劲儿说的。然后他绕着屋子大步行进,像个尽职尽责的士兵向每个人敬礼,每次都用英语说:"遵命,先生!遵命,先生!遵命,先生!"讲到跟他共事的人还以为他多么礼貌、多么和善,他乐得放声大笑。

我母亲从厨房看着、听着这一切,但从不参与。她不和别人打交道,在特百惠保鲜盒、玻璃烤盘、热气腾腾的炖锅、嘶嘶作响的煎锅、塑料叉匙和纸餐盘的包围下,吃着一碟饭菜。我和她一起待在厨房,她告诉我每道菜是什么、本该怎么烹饪,并指出当前的做法缺了哪些关键配料,说没有一道菜能做出她记忆中的味道。这些食物在老挝就是味道更好,也许等我大一点,有一天我们可以回去看看。

这些她都是用老挝语对我说的。

厨房里的一个女人无意中听见了她的话,说:"你家孩子懂老挝语?"虽然我从没在老挝待过,但还能拥有些来自老家的东西,我母亲对此很骄傲。可那女人对她说:"哦,不行不行!哎呀!你最好和她改说英语。不然等她上学了可怎么适应?!"等那女人离开厨房,我们哈哈笑她,瞧她害怕融入不了所有人的那副着急样儿,好像谁想融入似的。

后来,我母亲鼓励我去和参加聚会的其他孩子玩。他们吵吵嚷嚷,跑来跑去,用英语交谈。我想和他们玩,他们却不停地推我的胳膊,管我叫"它"。我不知道"它"是什么,可每当我试图接近他们,他们就会跑开,好像压根儿不想和我玩。没多久我就回了厨房,母亲见我回来,问我出了什么事,怎么就玩这么一会儿。我告诉她:"他们就知道说英语。我搞不懂他们在玩什么。"然后她踌躇了片刻,说:"也许是他们在学校学的东西,等你去了学校也会学。"

我母亲离交到朋友最近的一次经历,发生在她和亲善商店①的收银员之间。他们待她友善，知道她的名字，允许她在货架间徘徊几个小时。也许他们只是在做分内的事，可我母亲不这么看。有一次，她用铝箔纸包了鸡蛋卷带给他们，我们挑衣服的时候，他们把鸡蛋卷拿到后屋去吃。可看她走过货架时一只手拖在身后的样子，好像并不是真的在找什么要买的东西，我不禁怀疑她原本指望被请进后屋，一起分享食物。为了让她不再惦记她的鸡蛋卷，我抓起一条黄色连衣裙塞给她。"你觉得这颜色怎么样？"她看了看价签——一加元——点了点头。我们离开商店前，我母亲回头望了望那些收银员，问我："你觉得他们喜欢吗？"

我上学以后，我母亲就一个人看肥皂剧，等我回家了再讲给我听。剧里总少不了婚外情、失散多年的双胞胎、昏迷的病人、英俊的医生。过了一阵子，我就再也不想听了。我开始读书，我母亲会过

---

① Goodwill，北美的连锁慈善商店，接受旧货和二手商品捐赠并低价出售。

来和我坐在一起，让我读给她听，还会问关于书里插画的问题。她最喜欢的是嗅觉书[①]和那些会弹出小动物的书。每次我拉动纸签，跳出一只猫或者一只狗，她都会深吸一口气。这样的东西让她既惊奇又快活。有本关于绵羊的书里有一小块棉花，我母亲会用手指轻轻抚摸，好像它是活的。

晚上，她会拿一本书到我床边，要我给她读。书里没有多少字，有时候她听着听着很快就会睡着，如果没有的话，我就会给她编故事。"在这个世界上没有人是孤单的，"我说，"每个人都会在某个地方遇到朋友。"她那时一定有二十四岁了，但给人感觉年纪小得多，也瘦小得多。我照看着她，在她发抖时拉过一条毯子给她盖上，尽量不吵醒她。有时她会做噩梦，我能从她的呼吸中判断出——急促、惊恐的呼吸。我会伸出手抚摸她的头发，告诉她一切都会好起来，尽管我并不知道是否真的会变好，也不知道变好究竟意味着什么。我只知道这么说有用。

[①] Scratch and sniff，一种纸板绘本，使用特殊材质，用手摩擦书中不同位置能够发出不同气味，用于幼儿嗅觉和触觉的启蒙。

至于我母亲为什么总在我的房间过夜，我从没想过要追问。我只是庆幸不必在黑暗中独自一人。

一个周六的早上，我们闲逛到亲善商店的玩具区，我母亲给我挑了一样东西。那是一副世界地图的拼图，一千块硬纸片装在一个纸盒里，卖五十分。每一块都有独一无二的形状，和另一块相互契合，拼图的要义就在于从这堆形状中找到能和它契合的其他几块，把它们嵌在一起。

回到家，我坐下来开始拼图，她没有拿起一块，也没有试图帮我一起拼。她只是看着我和我的一举一动。她会说："那块不是在那儿的。换一块试试。"每当拼成一块的时候，她会说："每一块都有它的归属，不是吗？"

我一放学回家就开始拼图，一块接一块，让同样的颜色拼在一起。先是蓝色的，它们代表海洋。然后是红色、绿色、橙色、黄色和粉色，它们代表许许多多不同的国家。几个星期后，只剩下了寥寥几块，拼进最后一块的时候，我骄傲地宣布："妈，我完成啦!"

我母亲端详着拼图,指了指一个绿色的点,说那是她来的地方。一个小小的国家,位置偏右下方。她又指了指我们现在身处的地方,一大片粉色的区域,位置偏左上方。过了一会儿,她指了指拼图的边缘,又指了指空荡荡的地面。"那儿很危险,"她说,"你会掉下去。"

"不,不会。"我说,"世界是圆的,像个球。"

但我母亲坚持己见:"不是那样。"

但我还是继续说了下去:"等你到达边缘,你就可以绕到另一边。"

"你怎么知道?"她问。

"我老师说的。苏小姐说的。"苏小姐的讲桌上有一台地球仪,每次她讲到海洋、大陆,或者板块构造,她都会在地球仪上指出那些特征。我不知道苏小姐说的是不是真的,也从没想过要问。

"世界是平的,"我母亲摸着地图说,"就像这样。"说完她用手掌把拼图扫到地上。所有相连的小块顿时分崩离析,多少小时的努力毁于一个动作。

"我只是没上过学,不代表我什么都不懂。"

于是我开始思考我母亲懂些什么。她懂战争,懂得在黑暗中被子弹击中的感觉,懂得在怀抱中近距离看到的死亡的模样,懂得一颗炸弹能够摧毁的东西。那些是我所不懂的事情。活在我们现在生活的地方,一个不会发生那些事情的国家,不懂也罢。多的是我不懂的事。

我们是不同的人,从那时起我们明白了这一点。

几个星期以后,我们去了公园。天很冷,枯黄的草被冻在坑坑洼洼的冰面下。出门之前我在读书,我母亲在看电视。她通常能找到一个把她逗乐的节目,可那天她就是定不下看哪个。她不停地按遥控器上的按钮,切到下一个,再下一个频道,然后从头再来。

我冲向秋千,跳上其中一个的座椅,猛蹬双腿把自己高高地射向天空。我母亲一个人坐在公园长椅上,穿着她蓝色的冬衣,面朝我。她离得不远。我喊她,让她注意我,看我把自己荡得多高,但她的头转向一边,目光定在了别处。

我不再摇荡,转头去看她在看什么,秋千慢慢停了下来。一个男人刚从一座公寓楼里跑出来,身上穿着一条四角裤和一件白T恤。他看起来慌乱又匆忙,好像没有打算穿成这样到外面来受冻。

一个一身西装西裤的女人跟了出来,鞋跟像铅笔戳在桌面上一样敲打着人行道。

那男人朝后望了望,停下来,嘶吼道:"结束了。我们完了!"当女人试图拥抱他,他挡开她的胳膊拒绝了。

我向我母亲走去,在她正前方站定,挡住她眼前的那对男女。我说:"我们回家吧。"她抬头望着我,眼里有泪水。"下雪了。"她说完望向一边。她就像那样说了一遍,声音细小,清晰。下雪了,但她说话的语气让人觉得,这和雪没有一点关系。那是她身上我永远无法理解的东西。我母亲重新抬起头望着我,说:"我从来不用担心你,是吧。"我点头,尽管并不确定那到底是不是一个问句。

很快,在某个我已熟睡的晚上,她拖着一只行李箱走出了家门。我父亲看着她走的,他告诉我。他什么也没做。

这一切已过多年,但我依旧能感受到当时等待她归来的悲伤。如今我明白了当时不可能明白的事——她不仅离开了我,而且永远离开了我。我不去想她为什么离开,这已经不再重要。重要的是她离开了。除此之外,又有什么可想的?

常常,她的脸出现在我梦里,还像那时一样年轻,虽然我已经记不得她的声音,她却总是试图告诉我些什么,可无论她的嘴唇如何翕动,我什么也听不见。那梦也许只有几秒钟,但只消几秒钟,真的,就足以消解我们之间相隔的那些流逝的时光。我从那些梦中醒来,旧伤复发,如今四十五岁依旧是个孩子,为她的离去而悲痛,一次又一次。

我父亲并不悲痛,他成为难民的时候就把这辈子的悲痛用完了。失去至爱,被妻子抛弃,对他来说甚至是一种奢侈——这意味着你还活着。

又是一个晚上，我在晚间新闻看见一幅地球的图像。尽管我已经见过许多次，尽管我母亲不在身边，我还是像她在那样，对她说："看见了？它真的是圆的。现在我们能确定了。"我又大声说了一遍，尽管我说的话消逝了，但我知道，它已经成为世界上的一个声音。

过后，我来到卫生间的镜子前，盯着我口腔的后壁。我把嘴张得那么大，看见温热、湿润的粉色的肉，看见发出声音的黑漆漆的中心。我大笑起来，笑声响亮而奔放。声音钻进通风管道，我想象着这栋楼的人一定为这笑声费解——这声音从哪儿来，又是什么能让一个女人在此时的深夜放声大笑。

校车司机

校车司机名叫斋,和茶①同韵。他正看着一张照片里他妻子的胸脯,它们在她身上那件白色氨纶上衣里显得紧致挺翘。再往下,她的比基尼短裤只是前面的一小块布,用几根系成一个小蝴蝶结的细绳固定住。她坐在酒店凌乱的白色床单上,直视着镜头,膝盖压在身下。校车司机觉得他妻子在这些假日照片里看起来有些奇怪。她从没摆过这样的姿势——从没为他摆过。她的黑发梳成柔和的大卷,她的样子就像是孩子的洋娃娃:蓝色的眼皮、长长的假睫毛、粉嫩的圆脸蛋、艳红的嘴唇。要是她自己,永远也不会化这样的妆,也不会给自己选这样

---

① Chai,通常指红茶、牛奶、糖、香料制成的茶饮。

的比基尼穿。就算他提议她穿件哪怕略微暴露的衣服，她都会噫呀一声，不赞同地摇摇头。这件比基尼一定是弗兰克的主意。

"哦，弗兰克，他真是个蠢货。"她咯咯笑着说，试图把整件事轻描淡写地带过。弗兰克是她在"咖啡时光"的老板。

校车司机本想把这趟老挝之旅作为一份惊喜送给他妻子。这些日子她加班加点地工作，一段美妙假期是她应得的。他买了一张机票（那是他当时仅能买得起的），以为她会独自前去看望她的家人。可她找弗兰克请假的时候，他说她可以走——条件是和他一起。

"我一直想去外国看看，和那个国家的本地人一起。"弗兰克说。

他出现在几乎每一张照片里，跟她的堂亲表亲、父母、祖父母一起微笑着摆出拍照姿势。可她穿着白色比基尼的那些照片，镜头后的人一定是弗兰克。她的单人照片有那么多。

校车司机和他妻子住在一栋新建的砖房里——双车位车库,四卧两卫,还有一间装修好的地下室。这片街区上还有两栋一模一样的房子。开发商原本要拆除邻近的购物中心和停车场,建更多和他们家一样的新房子,但费用、执照和分区审批出了问题——事情麻烦到了建筑商搞不定的地步。所以现在,只有三栋一模一样的砖石房坐落在购物中心停车场和一幢高大的写字楼之间,全都朝向一条繁忙的主路。开发商需要把这些房产尽快脱手,所以没人质疑校车司机和他妻子到底能不能负担得起。总之,他们现在拥有了一套自己的房产,哪怕不太能还得起按揭贷款。校车司机做的是兼职工作,他妻子在"咖啡时光"拿着最低工资,怎么可能还得起?他们也就勉强拿得出月供。

有时候他们缺钱缺得厉害,校车司机的妻子会拿回家额外的现金,说弗兰克在班上给她发了奖金,是对她好好工作的奖励。"就这一次,这奖金,是奖励我干得好。"她说。在这方面,弗兰克对他们真不错。

自从和弗兰克一起去了趟老挝，校车司机的妻子开始把更多时间耗在工作上。现在她回家比往常晚得多。一开始，她把这归咎于公交班次——天黑以后它们就来得少了。她说："你不知道那有多吓人，一个女人大半夜站在公交车站。我攥着我的钥匙，把它们夹在指缝里，好防备那些变态。你根本不懂！"

他想不通，但她是对的，他不懂那对一个女人来说是何种处境。校车司机提议下班以后去接她。她却大笑着说："才不要你开的那黄色大家伙。"

所以她安排她的朋友弗兰克上班的路上捎上她，下班回家也是如此。毕竟他跟她去同一个目的地，也都要从那儿离开，又是在同样的时间点。这只能说合情合理。

弗兰克开一辆暗绿色捷豹，抢眼极了。它沿着街道潜行，每回接上校车司机的妻子，或者下班送她回来的时候，你都听不见引擎的声音。弗兰克把这辆车保养得很好，就算冬天下雪的时候，它也总是洗刷抛光一新。一年到头，他都这样保持着。

当校车司机回想事情当年的模样,他会记起他妻子刚开始在"咖啡时光"工作的时候身上的气味,有点像烧焦的咖啡豆。他不得不向自己承认,如今不用再依靠公共交通,她似乎更开心了。现在她闻起来像雪茄,弗兰克的雪茄。那气味有点像金属和尘埃。弗兰克也许在车里吸烟。那气味就是这么染遍她全身的。

事情第一次发生是在一个周六下午。弗兰克来了。他驾着他那辆暗绿色捷豹,停在他们的车道上,好像他就住那儿似的。校车司机觉得,大周末的,他妻子又不用上班,弗兰克在这时候来有蹊跷。她在门口迎他,请他进屋。校车司机正在客厅里看电视,但他们没和他一起。

他妻子说他们得谈工作。"可无聊了。"她说。

他们进了卧室。

门锁咔嗒一声插上。

他想知道他们在做什么,是不是一起光着身子。如果是,他们又是怎么做到这么安静的。他不想小题大做。

"你为什么就不想让我有朋友?"当他问起和弗兰克在卧室里发生了什么,他妻子这么说。他讨厌争论。他会尽一切努力避免争论。他想过把整件事忘掉,但他不想被人看成没有脊梁骨,甚至更糟——无动于衷。有时候他试图抗议,和他们对峙,这时候弗兰克会插手进来。他通红的脸上冒着汗,几片白发湿漉漉、乱糟糟的,他说:"这件事上你冷静点。"

有时他能肯定弗兰克是在嘲弄他,但这种念头实在可怕。他怎么就能确定,又能向谁提起?他妻子只会说他是忌妒他们的友谊,再一次指责他不许她交朋友。他不想表现得像个占有欲强、妒火中烧的丈夫,尽管他的感觉就是如此。

"杰伊①,这个国家的人就是会结成这样的友谊。"她说。

有几秒,他以为她是在说别人的事,或者和别

---

① Jay,在英文中除作人名外,也指松鸦,其羽毛鲜艳,多呈蓝色或灰色,叫声吵闹,因而有时也用于形容唠叨或嘴碎的人。

人说话。但接着他明白过来,那是他现在的名字。杰伊,就像蓝松鸦,一只小蓝鸟,天空中的一个小点。他想提醒妻子他的名字叫斋。它在老挝语里的意思是心!他想大吼。但这样一来,他妻子只会提醒他,这个国家的男人不会在女人面前提高嗓门,或者让他练练他的英语。"这儿没人知道斋是心的意思。"她会说。就算它是那个意思又怎样?它在英语里毫无意义。而英语,是这里唯一有意义的语言。

"在这里,事情就是这样。"她说。

他要是想在这里生活下去,就得学着适应、融入,而不是这么一本正经。

"冷静点。"她用她标准的英语说,听起来像极了弗兰克。

每个周一早上,校车司机都要去停车场把车从雪里挖出来。他拿来从加拿大轮胎买的铲子,围着轮胎开始铲。一夜之间下了五英寸厚的雪,但积雪轻盈松软,还没来得及变硬或者冻结成冰,铲起来轻而易举。不到十分钟,他就像掸灰似的轻轻松松清走了积雪。其实他用不着把车铲出来,车轮也搞得定。不过出于习惯,他还是那么做了。

他想过把车顶的积雪也清理下来。他不想让雪大块大块地滑落,砸中行驶在他后面的小车。可就算用铲子,他自己也够不到车顶,他又没带梯子,只能暂且如此了。校车司机铲完车轮周围的雪,把铲子扔在前座的底下,发动引擎让车里暖和起来。从驾驶座上,他注意到雨刷下塞着一张黄色纸条。

又一张。

他重新下车,扯出那张违停罚单,一直对折到它变成一个小小的方块。他把它塞进钱包,掖在他妻子的照片下面。那是一张黑白老照片,是他们还在老挝的时候拍的。她脸上挂着微笑,头发中分,面容朴素,笑容腼腆。照片旁是一个塑封的卡位,里面塞着他的驾驶证。他看着自己的姓。斋。它和茶同韵。它的意思是心。心。

你真给人丢脸

外面的一切模糊而潮湿,做什么都无济于事。雨刷的声音仿佛抽泣。咿呀,咿呀,咿呀。女人的蓝色小车停在一条小巷里。她希望能看一眼她女儿,她每天下午四点左右下班。

坐在这条小巷里等待,女人以前也这么做过。她从来不担心被发现。她确定那女孩根本不知道自己母亲这些日子开什么车,对她其他的事情同样一无所知。

几个月前,她去了她女儿住的地方,站在街对面的人行道上,在黑暗中等着看她一眼。她本来想去看看女儿过得开不开心,但她不想因为这副样子让自己难堪。她的头发摸起来像干草,她的指甲缝里不管怎么洗刷,还是藏着泥土,农场的气味依旧纠缠不散。

女人在屋外注意到一些小小的细节：房间里亮起的灯，丢在路沿上的黑色垃圾袋的轮廓。然后她看见了女儿的脸，框在厨房的窗框间，像一张小照片。她正站在水槽前洗盘子。她丈夫出现在视野中，抚摸着她的后颈，然后拉她转过身，开始了一段慢舞。她女儿看起来很开心。身为母亲，你创造了一个生命，然后看着它踏上自己的路。那是你的希望，你的心愿，但当这一切发生的时候，你不在场。

女人溜回她的车里，开车远去。

自从去年中风以后，女人本想打个电话，但她不想让女儿听见她说话口齿不清，看见她耷拉着半边脸。她不想让女儿觉得她需要照顾，不想成为累赘。经过六个月的理疗，她的面貌和声音才重回原样。当她精神放松，比如大笑的某些时候，你会发现她的部分面部肌肉反应迟钝。食物尝起来也和以前不一样了。现在她的味觉时有时无，多数时候所有东西尝起来都是苦的，口中那无尽的苦味让她难以下咽。

　　当时她在一家农场工作，那份工作是通过一个朋友找到的。塑料厂倒闭以后她很难找到工作，她在那儿干了四十年，现在已经没有那样的工作了。工厂付了遣散费，所以在她花光所有积蓄送女儿上学之后，她还能有一些剩余。但这不是重点。那是她想要的工作，一份能干上十二个小时的活儿。至少她会开车。之前，一个朋友问她能不能送他和其他几个人去他们工作的农场，她答应了。她喜欢他们亲切的打趣，他们讲的那些下流笑话，他们就那样让她参与到他们所有的故事中，问都不问就把她当成自己人。当他们告诉她农场要找更多的人手，她主动要求加入。"可是你会开车，英语说得比我们认识的人都好。你哪儿都能找着工作。"她不想告诉他们压根儿没这回事。出于自尊，她只是说："我闲得无聊，这能让我有点事干。"

　　置身于户外的土地，感受着照在背上的阳光，这感觉好极了。她从地里拔出野草——带刺的。她戴着手套保护双手，但时不时，一根够尖够细的刺会扎进来。他们这儿不用除草剂,因为旁边种着草莓,那是要作为有机产品收获和销售的。她会做他们需要做的任何事——甚至还开拖拉机。她喜欢那种感觉,高高在上,俯视万物。然而这份工作持续不到冬天,在这个国家,冬天有那么多个月。光是有东西能在这里生长就已经像是个奇迹。冷空气一来,她就得找点别的事做。

她找到的是胡萝卜。在农场加工食品的地方,胡萝卜从气候温暖的地方来,有些奇形怪状的,她不得不扔掉。没有食品店会买攥紧的拳头似的东西,没人会管那叫胡萝卜。胡萝卜的外皮上长着千奇百怪的瘤子和突起,没有机器能做到给每一根削皮。刀片会被卡住,这样他们就只能停掉所有东西,直到修理工来把它修好。还是让人手工给胡萝卜削皮来得便宜。在农场工作,你只是一副躯体而已,必须准时到位,下力干活儿。弯腰,跪下,抬,拣,拉。至少要连着干上八个小时,赶天气的话就得十二个小时。干活儿永远都要趁天气。

一开始,这些体力消耗让她身上作痛——她的膝盖，脚底更甚。疼痛不会在你干活儿的时候发作，那时候你正忙着想有什么需要干并把它们干完，直到晚上，冲完了澡，疼痛才会到来。

发病的时候，她不知道自己是中风了。她那时很疲惫，三天下不了床。她挣扎着爬起来洗脸的时候，才在镜子里看见自己的右半边脸耷拉着。等她来到医院，他们说既然她能自己开车，说明她功能健全，除了留她观察，他们做不了什么。所以他们让她回家，她也的确回了家，但她的右半边脸不停地下垂，后来耳朵也开始作怪，就好像她在水下。她自己开车回了医院，这次他们留了她两个月。她无法解释，自己是怎么做到那样一个人开车来回的。不过她是幸运的。当你独居的时候，可能过上一阵子才会有人发现你死了。你知道的，内脏会先烂掉，人们闻到尸臭的时候闻到的就是这个。内脏。

差不多二十年前，也是个雨天。她在那所学校外，像这样在车里等待着。她女儿是习惯型动物，总是四点左右离开学校。还不见女儿在门口出现,女人下了车,叫住她见到的第一个学生。"我找尚塔卡德。"学生说:"哦,你是说席琳?"然后指了指——她就在那儿,站在储物柜旁,正往她的背包里扔书。储物柜门内侧有面小镜子、一些心形冰箱贴和便利贴。看见母亲站在那儿,女孩赶忙砰的一声关上柜门,把锁一推,朝她跑过来,领她出了门。"你跑这儿来干吗?"她一边说一边催她母亲加快脚步。

"我来接你。"她说,"下雨了。"

"别再进里面去。在车里等我。"

"你要是出了什么事呢?我担心你。"

"就是别进去,行吗?"

她们穿过停车场。雨带着令人猝不及防的凛冽寒意,猛烈地向她们袭来,她们没有办法保护自己,只能奔跑着从雨里穿过,以最快的速度上车。

"还有,你能不能别叫我那个名字了!"女儿接着说,"现在所有人都叫我席琳。"她在后座咔嗒一声扣上安全带。

"席琳?你是怎么从尚塔卡德里听出席琳的?"

"那就是现在的我。我就是席琳。还有,你能别和我朋友说话吗,拜托?你真给人丢脸。"

她女儿那时候多大来着——十三?十三岁就对一切如此确信不疑。女人不禁自问,她身上到底有什么给人丢脸的?是发型吗?她没看包装上的说明,把药水留在头发上太久,所以当时她的头发紧紧地卷在头皮上。是她的蓝色牛仔裤吗?那是从跳蚤市场买来的,松松垮垮,高高地裹在她的髋部,像面旗子。也许只是因为她是个母亲,所有母亲都给人丢脸。也许那只是为了拉开她们之间的距离说的话罢了。

"你知道。"她转身面向她女儿。这就是后面那个人的身份——她女儿。但也许还不及一个陌生人善解人意。"现在你还理解不了,可是有一天,等你自己做了母亲,你会记起刚才对我说的话,你会为你说的话恨自己。你不知道生孩子,身体被那样撑开是怎么一回事。然后你要给那个生命清理卫生,洗澡喂饭——其实就是一团又哭又闹、打嗝拉屎的需要被照顾的玩意儿。而且那都是我一个人做的!

你根本不明白!"女儿盯着窗外,仿佛远处有什么东西。她继续说:"可是让我告诉你。你,你给我记住!你给我记清楚!没有谁真的想当母亲。但只有等你当了母亲,你才会真正清楚这一点。"她重新转向前方,发动汽车,从左肩上拉过安全带,也咔嗒一声扣上,把自己系牢。然后她检查两侧和车内的后视镜,找机会发车。

咿呀,咿呀,咿呀。有人敲了敲窗玻璃,外面一个人影伫立在车旁边。她看不清是谁。有片刻,她幻想着那是女儿。但当她降下车窗,出现的是一张截然不同的面孔。一个身穿警察制服的男人。他说:"女士,这不是停车区域。如果你现在不开走,我就要给你写罚单了。听见了吗?"她道了歉,发动引擎。四点十五分,她还是没有见到女儿。她已经经过了吗?咿呀,咿呀,咿呀。车里车外的情形已经分辨不清。那朦胧,那潮湿,那雨水,那抽泣。

唆嘎——

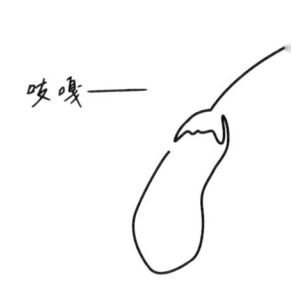

我刚满八岁的那个夏天，我曾祖母给我看了她的奶子。我的刚开始发育，又疼又敏感。它们还不够撑起一件奶罩，但你能看见它们从我的粉色独角兽T恤衫下突出来。我哥哥的朋友们管它们叫蚊子包。

我曾祖母跟我叔叔婶婶和堂兄弟姐妹住在一座房子里。只有我们俩在厨房，其他人都在外面的后院里。她总是随身带着一只装满她烟草补给的篮子。我看着她从里头拿出一只塑料袋，伸手进去掏出一团干烟叶，把它团成泡泡糖大小的球，接着，她会把它塞到右嘴角边的上嘴唇下。每隔一会儿，她会往一只空罐头盒里吐红色的东西。要是你不知道那是什么，会以为她在吐血。那气味就像几天的陈尿一样刺鼻。她要是在屋里你准能知道。不过我并不在意，过了一段时间，我甚至注意不到那气味了。

她朝罐头盒里吐了一口，指指我的前胸，说："你知道，你自己也长小奶头了。"就这样，没不好意思也没拐弯抹角。"你该穿奶罩了。"然后她脱下身上的棉衬衫，那是她自己做的。"衣服都不如以前合身，也托不住这身子了。他们不会给我这样的人做衣服。是觉得我能活着花钱的日子没多少了吧，我猜。"

她把手插进她自己缝的奶罩，掏出她光溜溜的乳房。它们看起来像茄子——不是你从市场上买来的新鲜茄子，是在冰箱里放了些日子的那种。

她说："我年轻的时候，小伙子们都因为这个喜欢我。他们全都想摸一把。很快你自己就知道了。"

我问她乳头在哪里，她指了指最底下的深色肉垂。

我回想起我那时见过的所有乳房。我母亲的乳房很小，突出的大乳头像一对粉色的纽扣。"它们以前比这大，你知道吗，"母亲曾经告诉我，"你和你哥干的,把我的奶都吸光了。"去年夏天,我哥哥带我跟他的朋友一起玩的时候,他们中有人从自己父亲那儿偷了一本封面上有裸女照片的杂志。我跟他们一样,盯着她的乳房看。它们大得异乎寻常,相比之下她的头都显得小了。

那个男孩没有让我们的目光在杂志上停留太久。他把一整页扯下来,撕成碎片,把它们一片一片卖掉。一只乳房二十五分,一对都买下来你得花整整一加元。他给我撕下毛茸茸的胯部,说我可以免费拿走。比我大三岁的哥哥买下了脸,它最便宜,只要一分钱。后来,我们碰头用胶带把所有碎片粘在一起。他们告诉我要把那张胯部特写给他们,虽然它还整整齐齐地叠在我的裤子后袋里,但我告诉他们我把它扔下了桥。我就是不想让他们得到她的那一部分。就算这样,还是有人把一根手指伸进模特胯部所在的地方,在里面绕圈。

"害怕了?"此刻我曾祖母问道,带着被逗乐的表情。

我不是害怕,我是吃惊。"它们怎么和裸照杂志里的奶子不一样？"我问。

"别傻了。你以为他们会让长成这样的东西进照片和电影？除非是当笑话。但这是真东西。你要是不穿奶罩它们就会变成这样……好吧，就算你穿了也一样，无所谓。它们最后都会变成这样。"她耸耸肩，托起她的两只乳房，分别塞回她的奶罩，像拍面团似的拍拍它们。"还有一件事，"她接着说，"第一次有小伙说'我爱你'的时候，你的腿就会像这样把自己掰开。"她举起两根手指，慢慢张开，形成一个剪刀的手势，一边做动作，还一边发出合页生锈的门打开的声音："吱嘎——"然后她双眼紧紧一闭，脑袋往后一仰，接着为自己的粗俗大笑起来。她的笑声几乎是从嗓子眼里发出来的，像一阵干咳。

认识她这么长时间以来，我一直爱看她笑，看她的脸怎样被眼睛、额头、酒窝周围的无数纹路填满。她不笑的时候，有时会让我摸摸她的脸，还会把皮肤挤在一起，向我展示她的笑容出现过的那些地方。但此刻她的笑并不是我想见到的。

"那种事才不会发生在我身上！"我说着，用力地来回摇头，挺起胸膛，傲气十足。

"不，尤其是你。你以为自己聪明得不得了，但最后那会是你栽跟头的地方。你会栽在那句'我爱你'上，所有人都逃不过。"她说着又是一阵大笑，"现在别以为你自己是什么例外。我知道你只是个孩子，但那不是说你就不能知道这些事。可能现在你还不太懂，但你会的，迟早。"

当它真的发生在我身上的时候，过程并不像我曾祖母说的那样。是和一个面容不再年轻的男人发生的。他没有说任何和爱有关的话。事后，灰色床单上还留下了一摊血。

单看上去，它其实可以是任何东西。

加油站

玛丽相信这个世上有两种人。有些人是被看到的，有些是不被看到的。玛丽认为自己属于后者。

她在这座镇子上没住多久，不过几个月。这里以沙滩闻名，每到夏天就挤满了游客，喧哗声、油膏味和热气四溢。天一凉，镇子很快便无人问津了。

玛丽三十六岁。她住在一座白色小房子里，那是周边众多白房子中的一座，因为强烈的阳光而粉刷成这副模样。她住的是座平顶房，这地方无须应对积雪，也不必御寒。房子里什么都是单个的。一间卧室，一间卫生间，还有一间厨房。每个房间都只有一扇窗户，往外望去看见的都是同一棵松树。那不是什么赏心悦目的景象。

玛丽在家办公。她是个独立会计师。她什么都不想加入，也不想对谁负责。她喜欢整个事业随她共成败的刺激感。报税季节，她靠开设咨询点或者临时办公室揽活儿。她有各种各样的客户，他们的需求、问题和愿望全都让她惊奇。纳税申报表要求人们申报婚姻状态，为此她见过爱情的每一个阶段。有最初寻得彼此时的欣喜若狂，相处太久后的厌倦，分手的苦痛，离婚的终局，盼破镜重圆而不得的纠缠不舍。她喜欢成日成日听人们讲述事情是如何走向支离破碎的，就像观看在她面前上演的一出戏，感情真实而不加掩饰——一切都近在咫尺。她不必感他们之所感，但他们讲给她的那些关于自己的故事留在了她心里。

玛丽总是记得每个报税季的最后一位客户。最后的，往往是最有故事的。去年，那是个在政府工作的女人，受过教育，生活富足，财务独立。她说她前任想申报子女抚养费，可她才是出这笔钱的人。玛丽查看了她摊在桌上的文件，告诉她既然她和她前任已经不在一起，孩子又跟她住，她有权申请这部分抵税。玛丽动手填申报表的时候，女人的眼里盈满了泪水。这持续了好一阵子——玛丽一行行地填表，女人泪眼汪汪。女人道了歉。"我曾经和了不起的男人在一起过，"她说，"真正爱我、关心我，而且欣赏我的男人。但和他们之间都没有发生。"她的故事听起来像一首俗套的乡村老歌。"以我的年龄，我没想到我还能有孩子。所以和这家伙走到一起的时候，我根本没有思考。突然我就怀孕了。经过了那么多测试、药片，然后全部放弃，唯独和他之间发生了。可他是最差劲的！"玛丽什么也没说，她继续填写那些表格。

加油站坐落在镇子边缘，快驶上州际公路的地方。它是亮绿色的，像网球，从几英里外一眼就能看见。这是他工作的地方，那个加油站的男人。他出来加油了。他并不美，但她喜欢看他。美千篇一律，丑却是独特的，让人印象深刻，甚至过目难忘。他比那还要丑，怪异似乎是对他正确的形容。春天尚未到来，寒气弥漫，男人却赤裸上身。他的体毛藤壶般遍布胸膛。这让玛丽想到了阴毛，乱糟糟，湿漉漉，闪闪发光。他那袒胸露背走来走去的架势，透着一股天不怕地不怕的劲头。

玛丽在车里按下打开油箱门的按钮。她望着后视镜中的男人，镜子上的提示警告道：镜子里的东西要比看上去更近。

他知道每次要做什么。他走过来，推开油箱门，伸进手去，拧开盖子，露出小洞。他转过身，在机器上按下几个按钮，拿过油枪，推进油枪嘴。玛丽能听见汽油的声音，它如何奔涌而入，热切而急迫。那大容量的油箱花了一阵子才装满。

她常常像这样看见他，但他们从不交谈。他有让女人坠入情网的名声，听说他会在这发生的时候抛弃她们，任她们在他家窗下的街边哭号，求他给一个解释。玛丽好奇他到底做了什么，竟让她们这般迷失自我。她想知道这会不会发生在她身上。

她用手掌的温度熨平一张钞票上的褶皱。她压过有老人脸的那面，又抚平另一面上白色建筑的图案。这个国家所有的钱都是绿色的，很容易给错面额。保险起见，她检查过四个角上的数字全是五十。

他来到司机那侧，她只把窗子打开一条缝。钞票像一条舌头滑出窗子，他抓住一个边。玛丽发动引擎，加速开走了。

这座镇子不是个适合步行往来的地方。马路两边没有人行道，只有长草的沟渠。多数人开皮卡，快得像开在州际公路上。每家银行都有免下车窗口。报税截止日渐渐临近，而玛丽揽生意靠的就是被人看见。得花些时日才能有人注意到她。她今年得早早找个公共场所设立办公点，在这样一座镇上尤其要占得先机。除此之外，她还可以用些钱。她和社区中心经理达成了交易，好在那儿设立办公点，就在图书馆前。她搬进一张折叠桌，支起她的双面广告牌。她觉得这是完美的所在，人流量大，还有游泳池和健身房。

这无可避免，镇子很小，她和加油站的男人迟早会碰面。她对在社区中心见到他并不意外，尽管他看起来格格不入。他全身都掩在衣服之下。她不禁好奇既然他在这儿，此时在加油站的又是谁。

他注意到她坐在桌前,走了过来。"嘿,"他说,"我能问你几个问题吗?"

她不喜欢他说那第一个字的语气。嘿。好像她是墙上的某个洞,你可以随随便便把你的问题塞进去。

"你得预约!"她喊道,声音中夹着愤怒。她往下拉了拉裙边,它一直在往上蹭,让她的腿露出了太多——瘦骨嶙峋的脚踝,肌肉曲线分明的小腿,粗糙的膝盖皮肤,还有上面没被晒黑的区域。她工作的全部行头就是两条黑色铅笔裙、一件黑夹克,还有两件黑衬衫,一件是短袖一件是长袖。除此之外别无其他,这些衣服适用于各种场合。

他四下看看,然后说:"这儿又没人。"的确,但她是专业人士。他不能就这么走过来占用她的时间,就好像这不花钱似的。

"我是专业人士,先生。"她说,"专业人士需要预约。"

他哈哈大笑。"那好吧。我能约吗?"

她查看日程表的时候,他在她面前的座位上坐了下来。

"哦,我懂了。"他说,"一身黑装,不是办税就是办丧。"

她没理他这句点评。

她把自己的名片递给他,说:"明天上午九点怎么样?"

"可我现在就在这儿。"

"没错,先生。"

"那有什么问题?"

"没问题。就像我说的,你没有预约。"

他似乎被逗乐了。"我从没见过你这样的人。"

她想知道这话是不是一句恭维。她决定把它当成是对事实的观察。好吧,在加油站上班,她暗自想道,你怎么可能见过。

"我们到此为止了。"玛丽说着用一根手指在面前画了个小圈,一道需要划清的界线。

他举起双手,就像准备接受逮捕那样,说:"女士,我喜欢你。厉害,强硬得很。我明天来见你。"说完他站起来走了。

那晚开车回家，玛丽庆幸自己不必经过加油站。她故意开过路上的三个减速丘。她确保自己放慢车速，好感受车子的爬升，爬升，爬升，然后下落。颠簸前的蓄势更让人痛快。她的双眼向上望着车顶，下颌放松，嘴巴张开。

到家的时候她不饿。她冲了个澡，洗了头，然后擦了擦她唯一的一双鞋。她读了她还是小女孩的时候就有的一本书。那是个关于怪物的故事，但一点也不吓人。四岁的时候，她想成为那只猛兽。她号叫着捶打自己的胸膛，从没有人说过那不是小女孩该有的样子。她可以变丑，更丑，丑陋无比。她把那本书扔过房间。它在墙上留下一片黑迹，仿佛一道瘀青。成为一个怪物，某种猛兽，看着一切颤抖，乃至最无用的一片草叶。她想要自己那样。

第二天早上，玛丽梳顺黑发，用两根手指蘸了些口红，在两颊上拍了拍。她给嘴唇涂上同样的颜色。她穿上一身黑——她其中一条黑色铅笔裙和长袖的那件衬衫。

天空一片铅灰，漫长无尽，令人无法忍受，一切都笼罩着雨雾。她到达社区中心的时候八点十五分。她没有走向她的桌子，而是去了卫生间。这里干净明亮，空间宽绰。她在洗手池边的台面上坐下，把裙子往上拉到大腿，微微分开双腿，伸进手去。她闭上双眼，弓起后背，把一根手指塞进嘴里，用牙齿把它咬紧，噎住一声愉悦的呻吟。这副场景在荧光灯下并不美妙。

过后，她在桌子前坐下，打开笔记本电脑，再次查看预约名单。加油站的男人有个再寻常不过的名字。如果你查电话簿，他的名字会占据好几栏，好几页。每个人都认识至少一个叫那个名字的人。

一套棕色西装进入了视野，绝对是二手商店的东西。那翻领很宽。它属于另一个时代，另一个人。

"我有预约。"他说。

"请坐。"玛丽把胳膊肘放在桌子上，挺直腰杆。多数人盯着她脸上的一个细节或者她身后的墙，加油站的男人把她整个收进眼中。

然后结束了，他走了。

玛丽迈进雨中，试图寻找一样熟悉的东西稳住自己。有什么散架了。一切潮湿而憋闷。她退回到遮雨篷下，这里没有雨，然后她注意到了一个小土丘。土丘的中间有个洞——一个出入口。她想象着她脚下的网络，它们如何漫无边际地延伸。她恨这一切把自己拒之门外——蚂蚁们，还有它们的秘密世界，在那里它们齐心协力，扛起比自己更大的东西。它们没有一个像她这样，单打独斗。她抬起一只脚把土丘踩平，仿佛那儿什么都不曾存在过。它们迟早会把它重新建好。那就是它们拥有的魔力，在一起的魔力。

当玛丽来到他的公寓楼，她按下电梯里的按钮上到五层。电梯以她不喜欢的速度移动。它爬得太慢了，一路颤颤巍巍地上升，然后是一阵颠簸。她还不如走楼梯，那样反而更快。

玛丽不知道自己为什么要去那儿，只知道她想去。

电梯到的时候响起叮的一声，像桌上的呼叫铃。

她黑色的鞋子在地面上咔嗒作响,停下的时候,他的门开了。他摆上晚餐。他向她解释所有事,解释这一切将如何展开。他说那会是甜蜜、温柔、深情的。之后他会告诉她他不爱她。"那会是个谎言。"他说,"我不喜欢情情爱爱的。"

那晚过完,她注意到公寓里的画。他说他只用黑色作画。他巨大的画布靠在墙壁上。在玛丽看来它们都一样,直到她走近每一幅。这些画的特别之处在于它们的笔触。每一笔都独一无二,特色鲜明。她把一幅画转向灯光,照出笔触变化的地方,加粗的地方,卷曲的地方,起始和结束的地方。

她本来打算回家,但这时她看见他坐在床上。那悲伤源自她在这世上最爱的一种孤独。一种没有人看到、没有人想要的孤独。所以她留下了。

有一段时间,他们之间甜蜜、温柔而深情。他在身边的时候,玛丽能看见的永远只有他眼眸中心的黑。世界和它的小小城镇纷纷退去。现在是什么时间,哪天,几点,太阳在天空的哪个位置,又或它是否出现在那儿过，玛丽从来注意不到。她的眼里只有他。

"我想留在里面。"他会说。然后他待在她的体内，他的身体成了从她身体中央长出的附肢。

过了一会儿，他说："我不爱你。"玛丽没有任何回应。她看见他的双眼现在是灰色的，那里面没有她。她没有说一句关于爱的话，没有问一个关于爱、关于他感情的问题。"你在撒谎。"她说。

他说："别犯傻了。"

一个谎称爱的人和一个不爱你的人有什么区别？没有区别。

当夜，她打点行装离开了镇子。没有人会知道她在那儿待过，在那个地方曾有什么在她身上发生。但这无关紧要。她知道自己对他来说是什么——一片空虚，并将无边无际。

一件遥不可及的事

墙上的霉斑最初只是靠近地面的小黑点。听之任之，它们便一直扩散到了天花板。霉斑看起来像一片黑色蒲公英。当有人问起我从哪儿来，在哪儿长大，我联想起的事物之一，便是那片田野。

我父母和我住在一条林荫道的边上，那儿有修剪齐整的草坪，以及一条条通向三层小楼的长而蜿蜒的车道——但我们不住在那些房子里。我们住在一室一厅的地下室公寓，公寓在靠近主路分岔处的第一座楼房里，之后道路便会转弯，将你带向居民区的更深处，树木也随之变得绿而浓密。我父母睡在客厅地板上的一张薄海绵床垫上。每天早晨出门上班之前，他们会把垫子像折纸一样折叠四次，塞进鞋柜。我有自己的房间。我的窗户开向停车场，在那儿我只能看见两样东西：汽车头灯和排气管。

我的朋友凯蒂住在同一栋楼里，但她的公寓拥有阳台和不同的风景。我们一起步行上学放学，但我从没邀请凯蒂来过家里。我不想让她看见我父母没有卧室，所以总是我去她那儿。凯蒂有两个上高中的哥哥。她的哥哥们打橄榄球，身边总是有各种各样的女朋友，他们在我们楼的楼梯井里，或者他们家客厅的沙发上亲热。我不知道凯蒂的父亲出了什么事，我只知道他不露面，并把这理解为我不该问的事。她母亲和我爸在同一家工厂工作。

我爸不喜欢我去凯蒂家的公寓。他说："我不想你放了学去那儿。那些小子和他们女朋友那样亲来亲去的，我不想你在旁边转悠。我不想让你胡思乱想。"我爸不知道的是，我已经开始胡思乱想了——想个没完。只不过没人有兴趣和我做什么。他觉得凯蒂一家什么也不是，如果我总跟他们混在一起，最后我也会变得什么也不是。

我爸谈起人生，总好像它是一股脑泼出来的，我们不会有时间思考，对将会发生在我们身上的事也无能为力。他说起话来好像现在就得把什么都告诉我，好像我们再也不会相见了。我会朝他翻白眼，但这只会让他说个没完。话总会绕回凯蒂和我如何不同，我如何不会拥有凯蒂生活中拥有的那些东西。

不管他怎么说，他还是给了我一样凯蒂有的东西。我告诉过他我有多喜欢凯蒂卧室墙壁的粉色。我总是念叨个没完。于是我爸出去买了一罐红涂料和一罐白涂料——粉色涂料更贵，因为它受欢迎，而且需要在店里给你调色。我爸往红涂料里倒进一团白涂料，然后搅拌。涂料在墙上没干的时候看起来是粉色，但干了以后就成了深粉，涂料没混匀的地方还有一抹抹红。涂料并没有盖住霉斑。但对此我只字未提。我只会看着那些深粉色的斑点对自己微笑。毕竟我有自己的房间，而且他在努力。

我爸在一家指甲油工厂上班。他一开始干的是扫地。打扫的时候，他站在流水线工人后面，看他们揭下标签并贴在指甲油瓶子上。那看起来不怎么难，他说。当工厂裁员并给剩下的工人降工资时，很多人辞职了。流水线上突然空出了岗位，于是我爸提了申请，得到了一份工作。他也给我妈在那儿找了份工作。虽然在流水线上工作的收入不如从前，但还是比我爸做保洁挣得多。他们都爱这份工作。上班时间长，但稳定，而且周末休息。

有一次，在工作的间歇他告诉我，一个和他一起在流水线上工作的男人是怎么评价他的工作方式的：模仿他的速度，把他周围的东西都拢起来。我爸觉得那是种恭维，所以也假装把东西都拿起来，承认那是最好的工作方式。他很高兴工厂里有人跟他说话，而不是在他经过的时候扯着眼角的皮肤大笑。

直到工头又解雇了几个跟不上速度的工人，他们才开始找到他，当着他的面说出一个听起来像啐唾沫的词。那个词需要用那么多气，但从来不见唾沫。

他问我他们在工厂叫他的到底是什么。"这个thief[①]，是什么东西啊？"我不想告诉他，我想让他

---

① 意为"小偷"。

继续喜欢他的工作，像往常一样带着使命感和自豪感在清晨起床。我告诉他我以前从没听过这个词。然后我背过身去，免得在他说这番话的时候看着他的脸："你需要做的只有努力工作。仅此而已，努力工作。"

放学后一到家，我和凯蒂就会通上三四个小时的电话。伴随着背景中我们家人渺远的声音，我们什么都说，又什么都没说。那时我们想当作家，喜欢看看自己能多好地向对方描述我们这一天的细节，尽管我们每堂课都一起上。我们聊班上的漂亮女生——她们穿什么，梳什么发型，怎么笑。如果她们中有人和我们说话了，我们会仔细研究她们说的每一个字，找出重音、沉默和咯咯的笑声出现的确切位置，就像在破译某种密码。

最后，我们的聊天会转向畅想有了钱会是什么样。我们知道有钱人是什么样的。每个垃圾回收日的早上，我们会看到他们从家里出来，把垃圾桶搬到路缘上。我们无法相信他们有自己的垃圾桶，还只需要走到自家的路缘。我们得拿着垃圾到走廊尽头的小房间，把塑料袋从墙上的洞里扔下去。我和凯蒂害怕有人来到我们身后，把我们也从洞里推下去。有时出门倒垃圾之前，我们会互通电话，只为给对方报个信。"如果我失踪了，你知道发生了什么。"她会说。有时我们甚至会一起去垃圾道。为了好玩，我们轮流从背后把对方推向那个洞——但不会太用力。刚好能让我们感受自己的恐惧，然后将它释放。

我们那栋楼的二层住着一个没工作的男人。他一天到晚坐在窗边抽烟。看见我和凯蒂放学回家，他会大声嚷："嘿，姑娘们。真性感——"然后他哈哈大笑，好像那只是个笑话。当他看见我有多害怕，他笑得就更凶了。后来，他省略了"嘿，姑娘们"的部分，干脆只说"真性感——"。我讨厌看见我们头顶窗子里那个闪闪烁烁的橙色光点。

凯蒂知道我有多怕他。她让我别理他，但我跟她不一样，我做不到。"别担心，"她说，"我来对付他。"我不想让她做任何事。他是个成年男人,比我们两个加起来都壮。

第二天下午,我们走到楼前,听见他说"性感"的时候,她抬起头看着他吼道:"我们十二岁!你这该死的变态!"因为她说了话,我觉得我也得说点什么,于是喊道:"我要把它割下来!到时候我们再瞧瞧什么是性感!"说完我们飞快跑进楼里,在楼梯井里发疯似的大笑。我喜欢我们那时的笑声。尽管那儿只有我们两个人,但那声音回响,叠加,让我们听起来有更多人。

从我们楼步行到学校要四十五分钟。我们很少坐公交,除非外面冷得厉害,但就算那样,如果我们中谁没有拿到五毛车票钱,我们还是会尽可能走路,大多数情况都是如此。要五毛钱和要十万块是一样的——没有就是没有。不过有一次我要车票钱的时候,为了给我上一课,我爸说:"你知道挣五毛钱有多难吗?你干吗不出去看看能不能找到一分钱。"于是我照做了。我在外面满地搜寻零钱,但什么也找不到。回到家里，我没说一句话。我连一分钱都找不到，于是明白了他挣五十个一分钱有多难。可是，那晚我爬上床，感觉到枕头下有凉凉的东西。那是两枚闪亮的二十五分。

我们住的那栋楼的后巷有道铁丝网栅栏，栅栏后是一片绿而浓密的树林，是它把我们楼和所有那些沿街更远处的漂亮房子隔开。树林中间有一条小溪穿过，从凯蒂家的阳台看去，它就像一头偏分黑发的发缝。我们会抓住金属栅栏，把自己一点点拉向顶端，翻到另一边去。然后我们会在草地上找一片地方躺下，向彼此描述我们看见的。我们去那儿是为了消磨时间，也为了绕过我们回家常走的那条路。

有一天，我们在树林里的时候，凯蒂告诉我警察在那后面发现了一具死尸。一个和我们年纪相仿的女孩。

"你以前见过死尸吗？"她问我。

我想到了我奶奶在她葬礼上的样子。她看起来那么安详，好像只是睡着了。当我这样告诉凯蒂，她说："是啊，自然死亡的时候是那样。"

然后凯蒂在地上躺下，把她的胳膊和腿伸展成海星的形状。她的面容变得空洞，眼睛向上盯着天空。她在那儿躺了大约十分钟，一动不动，一声不吭。树荫下，她的皮肤发青，她的锁骨突出。我不喜欢这寂静，仿佛我独自置身林中。悬在我上空的树好像是人，我几乎能感觉到它们的枝干朝我伸来。

"凯蒂！停下！"我叫道，"起来！"

她没动。

我踢了一脚她的腿。

她笑了出来。细小、轻柔的笑声，就像有人在挠她痒痒。接着她发出一声响亮的尖叫。她不停地叫啊，叫啊，脸上泛起一片片红晕，我也和她一起尖叫起来。尖叫的间歇我们捂着嘴，不让咯咯的笑声发出。我们知道尖叫只是个玩笑，是因为我们正在一起做这件事，但我试图想象别人听见我们的叫声会怎么想。

"我吓着你了，是吧？"当我们终于停下，她说。

"你干吗要那么做？"

"就想看看你会怎么做。瞧见了吗？没人会因为听见你尖叫过来。你只能靠自己。"她说话的语气像极了我爸指点人生的样子。

她继续说："有人把那女孩的尸体丢在这里。你知道，那本有可能是我。我在报纸上看见她的照片了。"说完她坐起来拂去衣服上的树叶。她又大笑起来，说："走吧，天要黑了。"

我们往我们那栋楼走去，但接着凯蒂停下脚步，告诉我站着别动。她从肩头卸下她红色背包的肩带，拉开一个口袋，把手伸进去。她递给我一本重重的灰皮书。

那是本字典。

我盯了它一整年，每次我们去学校图书馆我都要看看它。我想过把它偷走，但我永远不会有胆量做那样的事。

"你看，我知道你想要这个。那就——"凯蒂把它往我这儿一塞，"——拿着吧。"

我飞快地把字典装进我的背包，拉上拉链。然后，不知为什么，我们都朝金属栅栏飞奔起来，就像有人在追我们，而且越追越近，我们像真有这回事似的尖叫着。到了我们住的地方，我们分了手，彼此没说一句话。

之后没多久，凯蒂和我就失去了联系。她母亲在指甲油厂升了职，然后他们搬出了这片街区。也许是因为这个，也许是因为高中。我不在这件事上费脑筋——事情本就如此。我们失去了彼此，或者说，我们了解彼此的方式遗失了。

但在那之前，最后一次在一起的时候，我们站在她家阳台上看落日。我们以前从没见过那样的落日。它和地球在宇宙中的排列有关，某种罕见的行星连珠。太阳大而明亮。

我对她说："看起来很近，是不是？像是个我们能走过去，还能自己抓一块到手的地方。"

她探出身去抓空气。

我开始回想这段时光、凯蒂，还有所有这些事，是因为我想我看见她了。当时我打扫完市区的写字楼下夜班回家，站在人行横道上。一看到她在街对面，从她走路的样子——自信，双肩后展，直视前方——我就知道她把自己的人生打理得不错。她穿着深色西装上衣和铅笔裙，提着一只公文包。她看起来和我认识她的时候一样，只不过长高了，成熟了，充满了力量和气场。

我想跑过去找她，问她结没结婚，有没有孩子，过得开不开心。可如果我问她这所有的问题，她也许也会问我，但我不想谈我自己。我不想让她看见我穿着一身制服和工作鞋的样子。有时候别人看你的眼神让你觉得不得不去解释自己。

然后我想到了我爸正在家里等我，还在凯蒂和她家人搬出的那栋楼里，我也不想解释这个。信号灯变了，我看着凯蒂走出人群。

当我回到家里，我爸问我夜班上得怎么样，打扫了什么，然后说："坐下吃饭。"

我想告诉他，他看错凯蒂了，她并非什么都不是。凯蒂和我曾经是朋友，甚至是好朋友。关于这件事的记忆,以及它的发生本身,对我来说价值非凡。我想告诉他这些,但这时候他告诉我墙上又长了霉,随它去吧。

捉虫

我记得那个早上,因为我醒来的时候天色是那么黑。叫醒我的是我母亲。她来到我的房间,说我现在可以帮着多挣点钱了。

她给我找了一份跟她一起在养猪场帮工的活儿。她穿了一身深蓝色运动衣,把一套一样的衣服扔给我,让我穿上。之后,当我站在前阶上等她锁门的时候,她递给我两个揭掉标签的汤罐头罐,里面装满了生米。我从没想到去问问这都是干什么的,我只管照做,还带着昏昏沉沉的睡意。

我母亲开车载我们——其实就是我和她——去了养猪场。开车是她喜欢做的事。她前不久拿到了驾照。她考了四次都没过,但她坚持回去重考,直到通过为止。

她从我们邻居那儿买下了这辆车。他们女儿要去上大学了,在某个遥远的地方,所以那姑娘没法把她的车带走。它是亮橙色的,形状像颗软糖豆,安着我母亲并不需要的彩色玻璃。我们在寂静中行驶着,没开收音机,车头灯将我们引入黑暗。我降下窗户,想让冷空气吹醒我。

凌晨一点钟穿成这样,我不知道母亲给我们签下的是什么样的工作。我从一个朋友那儿听说,养猪场总有活儿干,只要你干得了。你可以清理地上的猪粪,也可以在猪上生产线之前还活着的时候给它们做清洁。或者,你可以给公猪做按摩,让它们为交配兴奋起来。我不想要那种工作,希望我母亲给我们签下的不是像那样的活儿。但工作就是工作,就算是那样的工作,你也能保持你的尊严。

工作的第一天并不顺利。我每件事都做错了。我要干的活儿原来并没有那么容易。

只有我和我母亲是女的。那儿有差不多十五个男人，跟我们一样，都是老挝人。我们就像人们评价的那样——和善。在我母亲以前去的牌局上，我见过这些男人。她和他们的妻子一起在厨房做饭。在那些夜晚，当我们坐在一起吃饭的时候，每个人都会谈起他们的工作，他们的老板，老家的日子有多难过，以及他们如何都来到了我们现在生活的这个国家——但没有人哭，没有人说丧气话。他们全都哈哈大笑。故事越伤感，笑声越响亮。总有竞争。你会试图用更悲惨的故事和更响亮的笑声压过前一个人。但这里没有人笑，每张脸都一本正经。

来到田里，我母亲戴上一副小小的、带一盏红灯的东西，像是头灯，好腾出她的双手。她拿出装了米的罐头罐，给了我一只。我跟着她，试着照她的样子做。一开始，她扫视田地，选了一处远离其他工人的地方。他们聊天，她说，他们聊天的声音让他们捉到的虫总是很少。

然后她蹲下来，把罐子放在她脚踝旁边的地上。她往前移动的时候，也会移动罐子，让它始终跟着她，在她触手可及的范围内。我们被要求戴手套,但我母亲不戴。她说这样抓得更牢。每捉一次,我都看着她把手伸进罐子,在生米里揉搓指尖。她靠这个办法保持手指干燥。她告诉我她的手总是冷,但她不得不让手和虫子保持同样的温度,不然它们会感觉到手的热量,没等她靠近就溜走了。

她一边弯身行进,一边用裸露的手从冰凉的土地里揪出虫子,把它们丢进用发圈箍在她两条小腿上的泡沫塑料杯。每个人都有把杯子固定在身上的办法。有人用布条或者橡皮筋把它们绑在腿上;有人在裤子后面缝了口袋。杯子里垫几撮新鲜青草,好让捉到的头几只虫有些缓冲,免得摔得太重,也让虫子有些熟悉的感觉,不至于惊慌失措,扭来扭去,把自己弄伤。半个小时的时间里,我母亲在田里来回四趟,已经往一只大泡沫塑料箱里倒空了八塑料杯,箱子边站着一个管事的人,负责清点她的收成。

一开始,我顺着田垄移动的时候忘了拿那罐生米,黏液在我手上越积越多,让我很难抓住任何东西。我把时间耗费在了在田里寻找罐子上,然后又忘了我上回捉到了哪儿。我没有保持弯身贴近地面的姿势，每捉一次我就站起来，等我的手指再回到地面的时候，虫子都跑光了。它们听见了我来的声音。于是我试着像我母亲那样一直蹲着。就算那样，当我找到一窝虫子并把它们揪出来的时候，它们也没有顺利地整个从地里出来，而是断成一截一截的。我揪得太用力，它们的身体被扯断了。

要想提高你的收成，最简单的办法是找到一堆全都缠在一起交配的虫子。当你发现这么一堆虫子，速度就是一切，因为虫堆底部的虫子会开始钻回地里。但我母亲连这些也能捉走。她慢慢地、稳稳地把它们拉起来，给虫子足够的时间脱离它们正在钻回的土地，整个出来进到她的手里。她轻而易举地装满了她的泡沫塑料杯，虫子的身体全都完好无损。

我不喜欢虫子在我手里的感觉，那样冰凉、黏滑、活生生。毫无疑问它们是活的。它们一刻不停地到处蠕动、滑行，把它们的身子伸得那么长，我甚至不确定那还是我刚捉的虫子。我能感觉到它们的身体在我手里搏动、颤抖，让人发痒，它们还会用头或者尾巴戳我——我分不清是哪头,两头在我看来都一样。我想尖叫,大喊这一切有多恶心,然后把它们扔回地上,但我不想让我母亲在所有人面前蒙羞。所以我撑了下去。这是份很多人都想要的工作,我妈能把我弄进来是我的运气。

那天早上晚些时候,我们在依旧黑暗的天色下开车回家,路上我母亲说:"那很有趣,是不是?像那样一起捉虫。"我什么都没说,她又补充道:"你第一天没怎么干好,嗯?"

比起我母亲也许几百杯的收获,我只捉了两杯。我花了很长时间才把杯子装满,长到虫子堆积起来,把先捉的那些压扁了。我没意识到它们有那么大的重量。我手里有一堆没人会花钱买的死虫子。它们只有活着才有点价值。

"下次。下次你会捉到更多。"我母亲说,"大家第一天干得都不好。"

那时我想到了我父亲,他会怎么看待我们干的这份活儿,捉虫。他会怎么说。我父亲是个好人,认识他的人没一个能说出他的不好。我很小的时候他就死了。我已经很难再在脑海中看见他的脸了。我记得的是他总叫我丑丫头。我母亲说他这么叫我是怕我被自己的长相冲昏了头。我母亲说，等你受过教育，干上一份好工作，那才是考虑长相的时候。那时候长相，如果还算可以，对你来说才有价值。但你不能把顺序搞反。

我常暗自猜测我母亲会不会再婚。我们认识的人多数不是结了婚，就是有个伴儿。当我问她，她深夜在房间里听猫王磁带的时候，是否有过孤独和伤感，她说："你想让我怎么办？从他们那帮白人里找一个？你能想象么，他们说不定会指望我说些'我厄你天缠地久'这样的话，然后像那些猪似的上我。我有我的自尊，我可不会为了哪个男人低三下四。我还不如自己过。"

你可以说我是被溺爱的。我以前从没打过工。但我十四岁了，快到了要让我母亲大笔出钱来养活的年纪。我成绩很好，所以她认为我有一天能上大学。

在她的国家,她从没上过学。她说这得家里有钱,就算有钱,也会花在她兄弟身上。"要我说,是全浪费在他们身上了。"她说。她见过穿白领衬衫和海军蓝短裙的女生步行去上学,而那时她坐在院子里照看鸡。她负责把所有的鸡赶回她家的院子。那不是件苦差事,只是一个他们家需要有人干的活儿。

"我是个农家女。对这个你一无所知。我想穿上她们那身海军蓝短裙和白领衬衫,但我知道那不会发生在我身上。但那会发生在你身上。你会成为她们那些穿海军蓝短裙和白领衫上学的女孩里的一个。我可能成不了,但我带到这个世上的人会成为她们里的一员。我一定会为那骄傲的。"

我没有告诉我母亲这儿的大学里人们不穿制服。我想让她保留她的梦。

每个周六清晨,我都会回那养猪场捉那些虫子。一周其余几天,我妈一个人去,和长期工一起捉。我干得已经相当不错,但还是比不了我母亲。如果说存在这种天分,那她当真是个天才。她不像其他人那样捉虫。首先,她是唯一脱了鞋打赤脚的人。她说:"我不喜欢那些橡胶鞋。我知道它们能听见我靠近。脱了鞋我的脚就不会发出任何声音。"有时候她甚至关了头灯,沿着田垄摸索。她用不着看见虫子就知道它们在哪儿,摸黑捉住它们,一大批一大批地拿回来。我母亲把这些虫子叫作"地屎"。我们每次捉完虫,她都会说:"老天,我爱地屎。"

我累了的时候,我母亲就让我歇一会儿。我会去车里坐着看她在田间干活儿。光是看他们的样子,你不会知道所有人都在捉虫子。从这个距离看过去,就像哪个贵妇弄丢了钻戒,所有人都在奉命寻找。我知道我母亲也在那里面,就算我不知道她确切在哪儿,我也不会为她担心,因为过不了多久她就会出现,匆匆去给自己再添一份收成。

每当我有些许自己的时间,我就总是想起我父亲。按理说人不该记得两岁时候的事,但我记得。我们想要的无非是活下去。把发生过的事付诸语言,便能让它重现。他在那里,头露在水面上,推着我和我母亲过河,我再望去的时候,只见他的头沉了下去。他又一次浮起来，嘴张着，但没有发出声音，又沉了下去。我不会游泳，我母亲也不会。但她不知怎么就抓着一只橡胶轮胎，把我俩送过了河。过后，我母亲问我看没看见我父亲遭遇了什么，我说没有。我不想让她知道。现在我宁愿相信他最后到了马来西亚的什么地方。也许他失去了记忆，和一个新的家庭生活在一起。只要知道他还活着，对我来说就足够了。

他发出的最后一声，甚至都不是声音。

我不想参加学校的舞会。但我母亲非要我去。她说我不该错过人生中的某些体验。我知道她很把这当一回事。她给我做了一条粉色蓬蓬裙，我穿上这东西试试，好让她调整尺寸。

学校里有个小伙子问我能不能跟他去舞会。他的名字叫詹姆斯。我觉得他还可以，也许吧。我们一起上的课上，他会坐在我旁边。我不明白为什么。还有其他位子空着。他在我笔记本的页角上画直升机。当我问他干吗要那么做，他说："这样我们就可以一起飞走了。"我不是把它们擦掉就是把它们划掉。外面下雨的时候,他会转向我说"下雨了",就好像看见下雨而且有可以告诉的人是他人生中什么重要的事一样。

他常常围着我转,因为我们在家庭研究课的养育单元被编成了一组。我不想当任何人的搭档。我想自己养大我们拿到的那只蛋,但詹姆斯说:"我不会让你一个人养的。"我没有回绝他,因为跟人合作,这种方式我们拿到的分数更高。我没关系。那只是一只蛋,又不是别的什么东西。

放学以后詹姆斯过来做作业的时候,他会和我母亲聊天。我母亲对他喜欢得不得了,因为他长得有点像猫王。我不想让她对他太过投入。我不希望他害她心碎。我试图让詹姆斯退出我们的课题。我对那只蛋粗心大意,在只有我自己守着它的少数几个小时里把它掉在了地上。在那之后,我以为他会放弃我和这个课题,但他却说:"那是个意外。生活中难免发生这样的事。"

但我还是不想让詹姆斯对我那么好。我给他看了我沾着黏液痕迹的捉虫装备,他却一点也不觉得那恶心。他说:"太棒了!我想哪天跟你一起去干这个。"我从没听过这样的事,除了我母亲居然还有人真心愿意捉虫。

我想让他知道那一点也不棒。我想让他明白那是苦差事,你得有真本事才能成为捉虫能手。他做起事来是那么如鱼得水,我想看着他搞砸一回。我想看着他吃力地装满一个箱子,看他因为不知道该去哪儿找虫子而踩到它们,看他揪得太用力而让它们的身体断在手里。我想让他收成少的时候被人骂,让他依赖天气这种他无法掌控的东西维持生计。

那个周六清晨,当我起床的时候,詹姆斯已经在厨房和我母亲喝咖啡了。他穿了一条牛仔裤和一件朴素的蓝T恤。我们给了他装米的罐子,他说:"真棒,我太兴奋了!"

我们开车来到养猪场,他从车上跳下来。我妈告诉场主这男孩想一起来,而且用不着担心报酬,因为他会免费打工。场主喜欢这个主意。他说:"那就来吧,让我们瞧瞧你有什么本事。"

詹姆斯把那盏小灯戴在头上,像我们其他人一样开工,却有像我母亲一样的结果。对于新手来说他的收成高极了,因为训练他该怎么做的人正是她。她花了几个月、几个季度自己学习摸索的那些小经验,全都毫无保留地教给了他。她在那儿引导着他。而他满腔热情地投入捉虫,仿佛它们全都是黄金财宝那样抓住它们的身体,因为她就是那么做的。

在这片地里干活儿的男人在老挝的时候,曾经是医生、教师、像我妈一样有自己土地的农场主。没人是冲着这种日子来的——蹲在软绵绵的土地里,趁夜摸索那些没有面孔的东西,那些地屎。而他们捉起虫来也像那些东西似的。詹姆斯不曾是别的什么,他只是个孩子。詹姆斯捉起虫来无所顾忌。

在这之后不久,詹姆斯在十四岁的年纪成了我们的经理。生意的主人说他想找人接手他的工作,既然詹姆斯英语说得那么好,他可以干这份活儿。詹姆斯前几次愿意免费工作,这让他印象深刻,还说他是我们所有人的榜样。

我望了望我母亲,但我什么也看不清,因为天色太暗。我知道詹姆斯得到的是她想要自己得到的东西。她爱这份工作,而且她比詹姆斯干的时间长得多,但根本没人注意到她的努力。詹姆斯呢?他乐得得到一份收入这样丰厚的工作。他不会怀疑自己配不配得上这份工作。他十四岁,他成了老板。

开车回家的路上,这回我母亲有话说了,说詹姆斯,说他当了老板的事。这些话在那时一股脑涌了出来。他不再坐我们的车了。她说她才不在乎他怎么去养猪场——说不定他父母开车送他,或者场主亲自去接他。"你看看,他们就是那么互相帮助的。"她说,"很贴心,是吧?是我把那混蛋带来的,然后他抢了我的工作。真他妈的该死。他是个该死的小孩。他们还怪我们抢他们的工作。哼,你猜怎么着?那本来可能是我的工作。我的工作!他妈的被他抢走了。他又不需要那钱。他能拿它买什么他父母不能给买的东西?我可是有一个人要养活。而且我干吗要这么生气?不就是地屎嘛,土地的屎。"

詹姆斯开始改变我们捉虫的方式。他说大米是吃的东西，不是用来浪费的。我们罐子里的生米被换成了锯末。我母亲用它搓干手的时候扎了刺。伤口因为土里的化肥发了炎，疼得更厉害了。

后来，詹姆斯告诉我母亲她不能再光脚了。现在她得穿上全套行头——橡胶靴、手套，还有为头和手臂裁出洞的沙沙作响的塑料袋。他说："那是装备，你得穿。"她照做了，她的收成随之滑坡。

为了补上减少的收成，她在地里待得更久了。她开始忘记曾经做得那样自然而然的事。她行动起来不再像过去那般轻松和满怀热爱，虫子感觉到她在靠近，钻回土里，她无法触及。我看着她心碎。她曾经是最出色的，但那没用。她现在的低收成无法告诉你这份工作发生了什么变化，是如何改变的。然而那些数字却可以用来说明一个捉虫工技术拙劣或者懒惰。我知道我母亲哪一种都不是。

学校的舞会之夜到了。尽管距离詹姆斯第一次来和我们捉虫只过去了几个星期，感觉却像一辈子。那么多事改变了，变得让我迷惑不解。我认识在养猪场当老板的詹姆斯，我认识和我一起上学的十四岁男孩詹姆斯。他们仿佛是不同的人。干活儿的时候，我会看着他，等待他新萌生的冷漠变成别的什么，就像等待着被爱，等待被认出是爱的人。我没有盯着那张脸看太久，因为我不喜欢我看到的东西，也许，那儿从来不曾有过我想看见的东西。

舞会的那一夜，我母亲把我要穿的那条粉色裙子放在我床上。他来的时候她不会在家。她会出去参加牌局。"我不会告诉你该做什么，怎么过你的人生。"她说，"你要是想和他去那个学校舞会，你现在就去吧。可是他来的时候我不想在这儿。你知道我对那是什么感觉。我没法对这一切心平气和。我就是没这个本事。可是你，你这一生是有机会的。捉住那些虫，离开这座镇子。心平气和。"

詹姆斯一个人来的。他穿了一件黑色小礼服，头发用发油向后抹平，一双黑皮鞋踩在水泥地上咔嗒作响。他拿在手里的一个粉色东西一颤一颤。一枝花。

我已经关掉了所有的灯，看起来就像没人在家。

街灯如同聚光灯。我能看见房前的草坪，当他走到光下，我能看见他的整张脸。一开始很小，然后渐渐变大，他的额头越逼越近。

他按了门铃，然后又按了一下。几分钟后当我仍然没有开门，他开始砸门，拼命扭动门把手，但门上了锁。他又是抓，又是拉扯自己的头发，头发散落开来，变得凌乱不堪。我站在门另一侧的黑暗中，望着在猫眼的金色圆形边框里的他，目睹着这一切。我什么也没做。就连听见他抽泣的时候也没有。我把一根手指放在猫眼上按住。我不想让他看见我张开的眼睛。

图书在版编目（CIP）数据

我不知道这该怎么念 /（加）苏万康·塔玛冯萨著；杨扬译. -- 海口：南海出版公司，2024.6
ISBN 978-7-5735-0874-4

Ⅰ.①我… Ⅱ.①苏… ②杨… Ⅲ.①短篇小说-小说集-加拿大-现代 Ⅳ.①I711.45

中国国家版本馆CIP数据核字(2024)第061366号

我不知道这该怎么念
〔加〕苏万康·塔玛冯萨 著
杨扬 译

出　　版	南海出版公司　（0898）66568511	
	海口市海秀中路51号星华大厦五楼　邮编 570206	
发　　行	新经典发行有限公司	
	电话(010)68423599　邮箱 editor@readinglife.com	
经　　销	新华书店	
责任编辑	侯明明	
特邀编辑	曹　原　林俐姮　白　雪	
营销编辑	王书传　刘治禹	
装帧设计	李照祥	
内文制作	田小波　王春雪	
印　　刷	北京盛通印刷股份有限公司	
开　　本	787毫米×1092毫米　1/32	
印　　张	6	
字　　数	70千	
版　　次	2024年6月第1版	
印　　次	2024年6月第1次印刷	
书　　号	ISBN 978-7-5735-0874-4	
定　　价	49.00元	

版权所有，侵权必究
如有印装质量问题，请发邮件至 zhiliang@readinglife.com

著作权合同登记号 图字：30—2024—120

HOW TO PRONOUNCE KNIFE
Copyright © 2020 by Souvankham Thammavongsa
Published by arrangement with Aevitas Creative Management, through
The Grayhawk Agency Ltd.
Simplified Chinese language edition © 2024 by Thinkingdom Media Group Ltd.
All rights reserved.